아름다운 사람은
떠난 자리도 아름답습니다.

하고 싶은 말이 너무 많아

화장실 이야기

효게쓰 아사미 글 · 요시타케 신스케 그림
김은하 옮김

담푸스

머리말

독자 여러분은 하루에 몇 번이나 화장실에 가시나요?

작은 건……. 그렇구나. 저도 그 정도랍니다.

큰 건……. 맞아요, 맞아. 대부분 그렇죠.

화장실에서 어떻게 시간을 보내는지는 저마다 다를 거예요. 멍하니 생각에 빠지거나 스마트폰을 만지작거리기도 하죠. 만화책을 보거나 영어 단어를 외우기도 하고요. 오직 볼일을 보는 데만 집중하기도 합니다. 후딱 해치우고 가뿐하게 나오는 거죠.

한편 같은 화장실이라도 장소에 따라 차이가 납니다. 우리 집 화장실, 학교나 회사 화장실, 병원 화장실, 공원 화장실, 지하철 화장실, 간이 화장실, 처음 가 본 남자 친구네 화장실.

이 소설은 하루도 빠짐없이 누구나 가는 화장실을 중심으로 이야기가 펼쳐집니다.

그중에는 좀 민망한 이야기도 있답니다. 그게 화장실이잖아요.

등골이 오싹해지는 이야기도 있고요. 그야 화장실이니까요. 기억나죠? 빨간 휴지 줄까, 파란 휴지 줄까.

어쩌면 살인사건이 일어날지도 모릅니다. 일명 화장실 밀실 살인. "범인은 화장실 칸막이에 있어!"

그뿐이 아닙니다. 화장실이라고 해서 사랑 이야기를 하지 못할 이유가 없죠. 행여나 화장실이라는 말만 듣고 지레 코를 틀어막지 말았으면 해요. 화장실은 뭐든 받아 주는 장소인걸요.

화장실을 독자 여러분이 놀러 오고 싶은 쉼표의 공간으로 가꾸고 싶어요.

이 책은 화장실에서 읽는, 화장실을 위한, 화장실 이야기입니다.

크든 작든 골라 읽을 수 있도록 1분짜리 짧은 이야기와 5분짜리 긴 이야기로 가득 채웠답니다.

앞으로는 화장실에 갈 때면 이 책과 함께해 주세요.

자, 이제 책장을 열고 화장실에서 펼쳐지는 이야기의 세계로 떠나 볼까요.

참, 시간 가는 줄 모르고 너무 오래 앉아 있지는 마세요.

목차

※ 1분짜리 짧은 이야기와 5분짜리 긴 이야기로 가득 채웠으니 크든 작든 골라 읽어 보세요.

임무 완수

좋아. 임무를 맡은 이상 끝장내 주마.

단단히 결심하고 침대에서 눈을 떴다. 방은 칠흑같이 어둡다. 2층 침대에는 내 직속 여성 상사가 단잠에 빠져 있다.

상사가 깨지 않도록 천천히 자리에서 일어났다.

이번 임무를 머릿속으로 재빨리 되새겼다.

내게 주어진 임무는 거주 시설의 최남단 오염물 처리실까지 잠입해서 체내의 황금빛 용액을 배출하는 것이다.

이크, 깜빡할 뻔했다. 시설에 출몰한다는 유령을 조심해야 한다. 만에 하나 유령과 맞닥뜨리면 목숨 건 전투를 피할 수 없다.

한시가 급하다. 바로 이 순간도 황금빛 용액 때문에 독성 물질이 체내에 쌓이고 있을 테니. 깊이 잠든 상사 몰래 침대에서 빠져나왔다.

까치발로 걸어가 구석에 위치한 무기 창고에서 기관총과 호신용 칼을 챙겼다.

바닥이 삐걱대지 않도록 발소리를 죽이고 조심스레 방문을 열었다.

방 앞에는 중앙 로비가 있다. 중앙 로비는 대원들의 취침실과 최고 사령관의 개인실 외에 식당 겸 조리실 그리고 오염물 처리실로 난 복도가 이어져 있다.

특히 중앙 로비에는 시설 안팎의 정보를 수집하고 외부와 교신하는 각종 기기가 즐비하다.

이를테면 컴퓨터, 텔레비전, 전화, 인터넷 설비, 무선 기기 등이다.

이러한 기기는 대기 전원이 빨간 불로 표시되거나 통신 상태에 따라 녹색 불이 깜박거린다.

그 어슴푸레한 불빛 덕에 중앙 로비의 상황이 희미하게나마 윤곽을 드러냈다. 찬찬히 둘러봤지만 아무도 없는 듯했다.

통과!

마음속으로 신호를 보내고 중앙 로비에 발을 내디뎠다.
기관총을 들고 조심조심 앞으로 나아간다.

그러나 얼마 못 가 옴짝달싹 못하는 사태가 발생했다.

스키피! 시설에서 키우는 경호견이다. 하필 스키피가 중앙 로비 바닥에 잠들어 있다니.

녀석을 깨웠다간 시설 곳곳을 누비며 비상사태를 선포할 것이 뻔하다. 움직이는 경보기나 다름없다.

어떻게든 스키피를 깨우지 않고 통과해야 한다.

다시 발걸음을 옮기기 시작했다. 발소리를 죽이고 한 발 한 발……

살금살금…….

스키피 코앞을……

슬금슬금…….

통과! 가까스로 스키피 앞을 지나쳤다.

그러나 기다렸다는 듯 다른 문제가 발생했다.

최고 사령관의 개인실 출입문이 열려 있는 것 아닌가. 두 짝 미닫

이문이 중앙 로비를 향해 활짝 입을 벌린 모양새다.

방 안 에는 최고 사령관과 사모님 그리고 갓난아기가 자고 있다.

게다가 출입문 옆에는 아기 침대가 놓여 있다.

스키피를 발견했을 때와 마찬가지로 가만가만 걸어 나왔다. 여기 만 빠져나가면 오염물 처리실까지 불과 한 뼘 거리. 숨죽이고 한 걸 음씩…….

살그머니…….

아기 침대 앞을…….

슬그머니…….

뿌─.

갑자기 경적이 울렸다. 큰일 났다! 스키피의 소리 나는 장난감을 밟아 버린 것이다.

나는 그 자리에서 몸이 굳어 버렸다.

······.

 휴우, 다행이다. 아무도 못 들었나 보군.

 이상 없음. 통과.

 다시 전진. 황금빛 용액이 찔끔 새어 나올 것만 같다. 이제 오염물 처리실까지 직진이다.

 식당 겸 조리실을 지나 오염물 처리실로 이어지는 복도 끝의 문을 열었다.

 그곳은 새카만 어둠에 휩싸여 있었다. 중앙 로비처럼 기기에서 새어 나오는 불빛조차 없다.

 기관총을 고쳐 들었다. 여기가 유령 출몰지라고 상사한테 몇 번인가 들은 적이 있다.

 해골 형상에 눈과 코의 구멍으로 구더기가 쏟아져 나오는 유령. 게다가 딱딱 이가 부딪치는 소리를 내면서 눈 깜짝할 새에 달려든다나.

 심지어 여럿이서······.

 만에 하나 유령이 나타나면 이 기관총으로 다 쏴 버릴 테다. 만에 하나 유령이 덤벼들면 이 호신용 칼로 산산조각 내 주마.

 유령에 맞서는 장면을 상상하니 황금빛 용액이 삐질 흘러나올 것만 같다.

천장? 벽? 아니면 바닥?

언제 어디서 유령이 튀어나와도 기관총을 발사할 수 있도록 총구 방향을 수시로 바꿔가며 나아갔다.

해골 유령.

해골 유령.

무찌르자. 해골 유령.

사방을 경계하며 간신히 오염물 처리실에 도착했다.

오염물 처리실의 불을 켰다. 따뜻한 불빛이 주위를 감쌌다. 이곳은 안전지대다.

기관총과 호신용 칼을 내려놓고 황금빛 용액을 배출할 준비를 했다.

이윽고 체내에 쌓인 반짝이는 황금빛 용액을 단숨에 쏟아냈다.

오염물 처리기의 버튼을 누르자 소용돌이치며 황금빛 용액이 빨려 들어갔다.

해냈다! 일단 성공. 이제 돌아가자.

다시 기관총과 호신용 칼을 들고 복도를 빠져나왔다.

바로 그때 직속 상사와 마주쳤다.

"으악!"

놀란 나머지 비명을 질러 버렸다.

"너, 여기서 뭐 하는 거야?"

"누나구나, 깜짝 놀랐잖아."

"화장실 가는데 그런걸 왜 들고 가?"

상사(세 살 터울 누나)가 장난감 기관총과 호신용 칼을 보고 물었다.

"유령 나오면 혼내 주려고."

"아, 그래. 우리 동생이 이제 형아가 다 됐네. 화장실에도 혼자 가고."

"응…….. 좀 무섭긴 했어."

"잘했어. 누나도 밤에 주스를 많이 마시는 바람에 깼어. 말썽꾸러기 남매네."

누나는 '후후후' 웃었다.

"복도에 불 켜둘 테니까 잠깐만 기다려. 같이 돌아가자."

"알았어. 불 켜면 귀신 하나도 안 무서워."

역시 누나는 든든한 직속 상사다.

나도 듬직한 형아가 될 테야.

임무 완수!

증거 인멸

"퇴근한다."

스마트폰 액정 화면에 뜬 남편 메시지를 보고 그녀는 깜짝 놀랐다.

이런, 왜 이렇게 빨리 온다는 거야. "오늘 술자리가 있어." 아침에 분명히 그렇게 말했다. 그래서 오늘 해치우기로 했는데.

"술자리 있다고 하지 않았어?"

그녀는 메시지를 보냈다.

석 달 전부터 공들여 세운 계획이었다. 실행에 필요한 목록을 작성하고 자금도 마련했다. 준비부터 실행 후 증거 인멸까지 걸리는 시간도 대략 파악했다.

"아아, 술자리 취소됐어. 밥 안 먹었으니까 저녁 좀 부탁해."

저녁밥까지 차려 달라는 남편. 밥 차릴 시간이 있기는 할까.

머릿속으로 수도 없이 시뮬레이션했다. 남편에게 들키면 절대 안 된다. 감쪽같이 증거를 없애고 아무 일 없다는 듯 지낼 자신도 있었다.

"알았어. 지금부터 서둘러야겠네."

남편에게 답장했다. '지금부터' 저녁을 준비한다는 사실을 강조하면, 만에 하나 남편이 돌아올 때까지 밥을 못 차려도 적당한 핑곗거리가 되겠지.

밥상이 뒷전으로 밀려도 발등에 떨어진 불부터 꺼야 한다. 이 녀석부터 빨리 처리하자.

그녀는 눈앞에 펼쳐진 광경을 보고 어쩔 줄 몰랐다.

남편이 회사에서 집까지 오는 데는 25분밖에 걸리지 않는다. 더구나 남편이 메시지를 보낸 줄 모르고 15분이나 지난 뒤 확인했다.

남편이 집에 오기까지 10분도 남지 않았다.

원래는 토막 낸 뒤 정원에 파묻으려고 했다. 비린내 나면 질색하니까 한참 깊숙이 땅을 팔 심산이었다.

그래서 철제 삽까지 마련했다. 이렇게까지 해야 하나 싶어서 자신이 바보 같다는 생각이 들기도 했다.

하지만 결코 들켜서는 안 된다. 완벽하게 증거를 없애야 한다.

문제는 땅을 팔 시간이 없다는 점. 남편이 돌아오기까지 8분밖에 남지 않았다.

이럴 줄 알았다면 땅을 미리 파둘걸. 만반의 준비를 했건만 녀석이 눈앞에 보이는 순간 충동을 억누르지 못했다.

8분 만에 증거를 없앨 방법을 찾아야 한다…….

쓰레기 처리장에 버리고 올까? 아냐. 그렇게 했다간 얼마 못 가 들통날 게 뻔하다. 게다가 오늘은 쓰레기 버리는 날이 아니다.

그럼 주방 입구의 음식물 쓰레기통에 숨겨둘까. 위험해. 너무 위험해. 쓰레기 처리장보다 더 위험할 거야. 여기 뒀다간 바로 들통나겠지.

편의점 휴지통은 어떨까. 안 돼. 갔다 오기에는 시간이 너무 빠듯하다. 거기다 남편 아닌 또 다른 목격자가 나올지도 모르고. 아는 사람이라도 만났다간 그야말로 낭패다.

그래, 믹서기로 가루가 될 때까지 갈아 버리자. 아냐. 이것도 안 돼. 이렇게 몸통이 큰데 믹서기에 들어가기나 하겠냐고. 일일이 자를 시간도 없는 데다 통째로 넣지 않으면 잘 갈리지도 않을 거야. 더구나 믹서기에 냄새가 밸 텐데.

그녀는 차갑게 식어 버린 몸통을 바라봤다.

어떡하지.

그때 스마트폰에서 메시지 수신 알람이 울렸다.

"지하철에서 내렸어."

남편은 친절하게도 지금 위치를 알려줬다. 평소와 다른 행동. 이미 들켜 버린 걸까.

큰일 났다. 이제 5분. 5분밖에 안 남았다.

이거다! 그녀는 번뜩 묘안이 떠오르자 스마트폰을 쥐었다.

"저기, 오는 길에 달걀 좀 사다 줘."

남편에게 메시지를 보냈다.

좋아. 이걸로 시간을 확보했다.

자, 이 녀석을 어떻게 처리할까. 남은 시간이 얼마 없다.

그녀는 방 안을 둘러보았다.

그래, 화장실! 변기에 흘려보내면 되겠다. 토막 내서 변기에 나눠 넣고 여러 번 물을 내리면 뒤처리는 어떻게든 될 거야.

설마 하수도까지 뒤지지는 않겠지.

그녀는 재빨리 여기저기 흩어진 부위를 한자리에 모았다. 변기에 흘려보내려면 좀 더 잘게 썰어야 한다.

급할수록 돌아가라고 했다. 한 번에 해치우려다가 막혀 버리기라도 하면 아무 소용없다.

전용 가위를 들고 단숨에 잘라냈다. 하지만 몸통은 너무 딱딱해서 가위로는 어림도 없다. 있는 힘껏 식칼로 내리치자 두 동강이 났다.

손에서 비릿한 냄새가 난다. 나중에 씻을 수밖에.

비닐봉지에 자른 조각을 담고 화장실로 달려갔다.

변기에 흩뿌린 뒤 물을 내리자 소용돌이를 그리며 사라졌다.

그렇지. 바로 이거야.

그녀는 반복해서 변기에 흘려보냈다.

"나 왔어—."

남편이 돌아왔다.

"어서 와. 지금 밥하는 중이야."

그녀는 주방에서 얼굴을 내밀었다. 구수한 된장국 냄새가 풍긴
다.

"달걀 여기 있어."

남편이 편의점 봉투를 건넸다.

"고마워. 금방 준비할 테니까 방에서 기다려."

"으음."

남편은 거실로 향했다.

"와, 오늘 저녁은 킹크랩이구나."

"앗……?"

그녀는 말문이 막혔다. 어떻게 알았지.

"이거 봐."

남편은 탁자 위에 놓인, '킹크랩'이라고 적힌 포장지를 손으로 가

리켰다.

아뿔싸. 쥐도 새도 모르게 증거를 없애려고 했는데……. 포장지가 있다는 사실을 까맣게 잊어버렸다.

남편 몰래 먹은 킹크랩 특선 메뉴. 딴 주머니에 한 푼 두 푼 모아서 킹크랩 전용 가위를 샀다. 그리고 오늘 나 홀로 킹크랩 삼매경에 빠졌더랬다.

"어…… 아니야?"

남편은 아직 킹크랩이 남은 줄 아나 보다.

그녀는 킹크랩 가위만 꼭 쥘 뿐이었다.

여기, 다시 내딛는 첫걸음

약속한 10시가 되려면 30분이나 더 기다려야 한다. 10분 전 들어가려고 했는데 좀 일찍 와 버렸다.

지하철 A3번 출구로 나와서 눈앞에 우뚝 선 18층 건물을 올려다봤다. 이 건물 12층에 오늘 면접 볼 회사가 있다.

1층부터 차례대로 세어 보니, 12층은 창문에 블라인드를 쳐서 안쪽 상황을 짐작조차 할 수 없다.

그대로 시선을 건물 꼭대기로 옮기니 푸르른 하늘이 펼쳐졌다. 긴장한 내 마음 따위는 아랑곳없다는 듯 하늘은 맑고 투명하기만 했다.

차들이 오가는 큰길 너머 카페 체인점이 보였다. 카페에서 시간을 때울까, 하고 잠시 망설였지만 그러기에는 시간이 애매하고 마음의 여유도 없다. 그렇다고 건물 앞에서 마냥 서 있기도 난처한 노릇이다.

취준생은 특유의 분위기 탓에 어딜 가든 살짝 겉도는 느낌이 들기 일쑤다.

다들 취업 관련 도서에 나오는 예시를 본뜨기라도 한 듯 하나같이 비슷한 차림새다. '머리 모양은 쇼트커트 아니면 하나로 묶은 포니테일', '화장은 한 듯 안 한 듯 자연스럽게', '복장은 회색 또는 감색 계열에 바지 정장이나 치마 정장'과 같은 식.

게다가 직장인답게 꾸미는 데 서툰 탓에 둥둥 뜨는 핑크색을 볼에 바르질 않나, 기껏 정장을 차려입어도 '잘' 어울리기는커녕 '영' 어색하질 않나. 한마디로 대략 난감.

나 역시 예외가 아니어서 딱 그 정도의 취준생 스타일이다. 그러다 보니 겉도는 느낌을 줄까 봐 신경이 쓰여서 안절부절못한다.

'어디서 면접관을 만날지 모릅니다. 어디서 만나든 좋은 인상을 주도록 평소에도 긴장의 끈을 늦추지 마시길 바랍니다.'

이번에도 취업 관련 도서에서 본 문구가 머리에 떠올랐다.

면접을 앞두고 더는 쓸데없이 초조해 하지 말자.

이렇게 생각한 나는 한 장소를 떠올리고는 거기서 시간을 보내기로 했다. 사방이 벽으로 가로막힌 곳. 남의 시선 또한 신경 쓸 필요 없는 곳. 그래, 화장실!

18층 건물의 입구를 지나 1층 여자 화장실로 들어갔다. 큰길에서 들려오는 소음이 멀어졌다. 차분한 갈색 벽. 칸막이실은 4개. 화장실에는 아무도 없었다.

난 끝에서 두 번째 칸막이실로 들어갔다.

"후유……."

자신도 모르게 한숨이 나왔다.

선반에 가방을 두고 문에 부착된 걸개에 재킷을 건 다음 바지를 내리고 일단 볼일을 봤다.

조용한 화장실에 소리가 울려 퍼졌다.

"하아." 한 번 더 가볍게 숨을 내쉬었다.

긴장한 탓에 배가 스르르 아팠지만, 작은 볼일이 끝나자 더는 아무것도 나오지 않았다.

바지를 올리고 물을 내렸다.

가방에서 자료를 꺼내고는 바지를 입은 채로 다시 변기에 앉았다.

최종 점검을 해 보자.

—네, 그럼 자기소개 간단히 부탁드립니다.

예, 저는—

예상 질문과 답변을 정리한 용지를 위에서부터 순서대로 읽어내려갔다.

—대학 생활은 어땠나요?
저는 대학에서 경제학을 전공했고—

—우리 회사에 지원한 이유는 뭔가요?
제가 귀사에 지원한 이유는—

목소리는 내지 않았지만 입을 움직이면서 연습했다.

—자신의 단점은 뭐라고 생각하시나요?
저는 발표 울렁증이 있습니다. 사람들 앞에 서면 긴장한 나머지 말문이 막혀 버리곤 합니다. 이번에 취업 활동을 하면서 이 단점을 극복하고자 친구나 가족들 앞에서 수없이 연습했습니다—

'단점이 없는 사람은 없습니다. 그러니 단점을 부정적으로 받아들이지 말고 그 단점을 보완하기 위해서 어떤 노력을 기울였는지 어 필하면 좋겠지요.' 취업 관련 도서에는 이렇게 적혀 있었다.
나는 발표 울렁증 때문에 얼마 전 지원한 회사에서도 떨어지고 말았다. 면접을 보다가 할 말을 잊어버리는 바람에 수 초간 침묵이 흘렸다. 보나 마나 얼굴은 새빨개지고 손까지 떨렸을 것이다.

여성 면접관이 "괜찮습니다. 수고 많으셨어요." 하고 따뜻하게 위로해 줬지만, 결과는 낙방이었다.

내가 대답을 하는 중에 면접관이 나를 보면서 고개를 끄덕였다.

그때부터 몹시 떨리기 시작했다. 어떤 의도로 고개를 끄덕였을까. 내가 제대로 답변한 걸까. 실례되는 말을 한 건 아닐까. 여러 사람의 시선이 나에게 쏠리니 못내 부담스러웠다. 기분 좋게 미소 지으며 나를 보고 있지만, 실은 화가 났거나 못마땅한 건 아닐까. 내가 이 자리에서 말을 이어가도 괜찮은 걸까.

준비한 말이 생각나지 않았다. 머릿속이 백지장처럼 하얘지면서 입이 떨어지지 않았다.

다들 내 대답을 기다리고 있다. 기대에 찬 시선으로 보고 있다.

시계를 보니 슬슬 일어나야 할 때다. 가방을 정리하고 칸막이실에서 나왔다. 세면대 앞에 섰다.

거울에 비친 내 모습.

불안하고 자신 없어 보인다.

힘내자!

연습 많이 했으니까 잘할 거야. 용기 내자!

머리끈을 위로 끌어올리고 서둘러 화장을 고쳤다. 면접용 감색
정장을 입은 나.

누가 봐도 취준생 스타일. 다들 마찬가지다.
하지만 나만의 장점 또한 있을 터.

괜찮아. 잘할 수 있어.

화장실 거울 앞에서 굳게 마음먹고 밖으로 나왔다.

큰길의 소음이 들려온다.
희미한 봄 내음이 코끝을 스쳤다.

마지막 편지

미키, 와타리에게

이 글은 아빠가 보내는 마지막 편지가 될지도 모르겠구나. 시간 없으니 간단히 쓰마.

미키, 사랑한다. 평소 직접 말한 적은 없지만 사랑한다. 앞으로도 끝없이 사랑할 거야.

와타리, 엄마 말 잘 들어야 한다. 우리 아들은 착하니까 잘할 거야. 부디 남을 도와주는 사람으로 자라렴.

아빠는 지금부터 해야 할 일이 있어. 한 시간 전 아빠 일터에서 인질 사건이 일어났어. 범인은 마흔 살 안팎으로 보이는 남자. 모자와 선글라스에 마스크로 얼굴을 가렸더군.

마침 아빠가 화장실 간 사이 탕, 하고 마른 총성이 두 발 울렸어. 밖은 소란에 휩싸였지. 여자가 비명을 지르자 총성이 한 방 더 귓전을 때렸어. 순간의 정적, 나지막한 웅성거림.

누군가 총에 맞았다.

범인의 요구에 따라 일터에 있는 사람들이 모두 복도로 모였어. 조그마한 사무실이니까 직원과 고객 다 합쳐도 열 명 남짓. 정면 출입구는 셔터를 내리고 창문에도 블라인드를 쳤다.

아빠는 운 좋게 범인의 눈을 피했어. 그 덕에 이렇게 볼펜으로 화장실 휴지에 편지를 쓰고 있지.

이제부터 중요한 얘기란다.

범인은 돈을 요구했다. 액수는 1억 원. 이미 경찰에 선전포고 했고, 경찰이 저녁때까지 돈을 마련해주기로 했다며 으름장을 놓았지.

범인은 한 가지 더 요구했어. 그 돈을 건네줄 형사를 지명했거든.

이게 문제야. 범인이 노리는 건 돈이 아니니까. 이 형사가 진짜 표적인 거지. 범인이 인질을 세워놓고 말했어. 이 나라와 형사한테 원한이 있다고. 그래서 형사가 협상하러 오면 이 건물을 통째로 폭파해 버리겠다는 거야.

인질은 죄다 묶여 있으니까 거동이 자유로운 사람은 아빠뿐이야. 이 사태를 막을 사람은 아빠밖에 없다.

인질 중에는 와타리처럼 어린애도 있어.

아빠는 작전이 있으니까 걱정하지 말아라. 그러니 뒷일을 부탁한다.

미키, 사랑을.

출근길, 배에서 천둥이 칩니다

배에서 천둥이 친다. 콩나물시루 같은 출근길 지하철에서.

아침에 눈을 뜨니 여느 때와 달리 속이 더부룩했다. 배에 가스가 찬 것 같아서 화장실에 들렀지만, 그때는 별 탈 없이 끝났다.

그런데 하필 지하철 타고 회사 가는 길에 신호가 오다니.

난 오늘도 어김없이 승강장에서 지하철이 오기를 기다렸다. 지하철 또한 어김없이 사람을 가득 태우고 때맞춰 왔다. 멀리 전쟁터로 나가는 병사들을 실어나르기라도 하듯, 지하철은 발 디딜 틈 없이 붐볐다.

늘 그랬던 것처럼 만원 지하철에 내 몸을 욱여넣었다.

내 뒤로도 사람이 꾸역꾸역 밀려들었고, 내 의지와는 반대로 몸이 자꾸 안쪽으로 떠밀려 갔다.

치한으로 오해받지 않도록 어깨에 멘 가방을 급히 두 손에 옮겨 들고 몸 앞쪽을 방어했다.

출입문이 닫히고 역에서 멀어지자 덜컹거리는 진동 탓에 흐트러진 자세를 바로잡았다.

그때쯤이었다. 갑자기 배가 꾸르륵거리더니 여기저기 쿡쿡 쑤셔댔다.

문득 손잡이를 잡은 손에 힘이 들어갔다. 설사다.

절로 미간이 찌푸려졌지만, 잠잠해지기만을 바랄 뿐 달리 손쓸 길이 없다.

배 속이 부글부글 요동치고 그에 장단 맞추듯 바늘 수십 개로 찌르는 것 같은 통증이 이어졌다.

지하철 안 전광판을 보니 다음에 정차할 역이 표시됐다. 목적지까지 한참 남았지만 어쩔 도리가 없다. 일단 다음 역에 내려서 화장실로 달려가자.

딱 한 정거장만 참으면 된다. 그때까지 버텨 주길 눈을 감고 간절히 빌었다.

돌연 지하철이 흔들렸다. 뒤에서 밀치는 순간 배에 압박이 가해졌다. 항문에 힘을 꽉 줬다.

안 돼. 내 배 자극하면 안 돼!

내 속사정은 안중에도 없다는 듯 지하철은 끼익 소리를 내면서 꾸불꾸불 곡선을 그렸다.

자세가 무너질까 봐 손잡이를 잡고 가까스로 버텼다.

꾸르륵 꾸륵 거친 소리를 내며 배 속에서도 곡선을 그렸다. 조금씩 아랫배로 이동하는 물컹한 설사가 느껴진다.

제발 부탁이야. 설사도 지하철도 멈춰 줘!

콰당. 지하철이 멈췄다.

—조금 전 다음 정차할 역에서 '비상 정지 버튼'을 누른 관계로 우리 열차는 잠시 쉬어가겠습니다. 바쁘실 텐데 승객 여러분의 많은 양해를—

최악이다. 진짜 여기서 멈춰 버리다니.

이대로 참을 수 있을까. 이미 마지막 관문까지 다 다른 것 같은데. 조금이라도 방심했다간 나오기 일보 직전이다.

여름도 아닌데 등이 식은땀으로 흠뻑 젖었다.

이렇게 땀을 많이 흘리면 체온이 내려가서 더 급해지는 거 아닐까. 쓸데없는 상상을 해 본다.

기분전환 삼아 창문으로 시선을 돌렸지만, 터널 안이라 깜깜하기만 하다. 좌절감이 밀려온다. 내 가슴도 시커멓게 타들어 간다. 한숨이 새어 나온다. 절규가 터져 나올 것만 같다!

만원 지하철은 기묘할 만큼 조용했다. 이어폰으로 음악을 듣는 여자, 스마트폰 게임을 하는 직장인, 잠든 젊은이와 참고서 읽는 여고생까지.

내가 배탈로 쩔쩔매고 있다는 사실을 아무도 모른다. 누구 도와줄 사람 없나. 역내 화장실로 냅다 도망치고 싶다.

꾸르륵 꾸르륵. 지금까지 느껴 보지 못한 통증이 밀려왔다. 고춧가루를 창자에 처바르기라도 한 듯 따끔거린다.

손잡이를 쥔 손끝이 갈수록 차가워진다.

어떻게든 주의를 다른 데로 돌려 보자. 설사 말고 다른 생각을 하자.

이렇게 마음먹은 난 스마트폰을 만지작거리는 직장인을 바라봤다.

『사무실 인질 사건, 범인 체포』

아마도 뉴스를 보는 모양이다. 직장인에게는 좀 미안하지만, 스마트폰 화면을 훔쳐보면서 속을 달랬다.

『어제 발생한 사무실 인질 사건의 범인이 잡혔다. 범인은 동종 전과자로, '이 나라와 형사한테 원한이 있다'며 혐의를 시인했다. 범인이 사용한 권총의 입수 경로는 조사 중이다.

한편 범인을 체포하기까지 사무실 직원 A 씨가 맹활약을 펼쳤다. 화장실에 숨어 있던 A 씨는 범인이 한눈판 사이 몸을 날려 범인을 제압했다.

　A 씨는 죽음을 무릅쓰고 범인에게 달려들기 직전, 화장실 휴지에 가족한테 남기는 편지를 썼다.』

　스마트폰에서 눈을 돌렸다. 그만, 화장실 이야기는 그만!

　뉴스 기사의 예상치 못한 결말에 직장인을 노려보고 말았다.

　더는 배를 자극하고 싶지 않다. 눈꺼풀을 닫고 죽을힘을 다해 참았다.

　어둠 속에서 참고 또 참았다. 눈에 들어오는 정보가 차단된 만큼 꾸르륵대는 소리를 의식할 수밖에 없었지만, 아우성치는 배를 외면하지 않고 그저 뒤탈 없이 지나가기만을 간절히 바랐다.

　얼마 지나지 않아 지하철이 움직이기 시작했다.

　─열차가 출발합니다. 잠시 후…….

　지하철 차장이 곧 다음 역에 도착한다는 안내 방송을 했다.

　다음 역은 엎어지면 코 닿을 거리였는지 출발하는가 싶더니 바로 도착했다.

　이제 다 왔다. 조금만 더 버텨주길.

복통을 겨우겨우 참아가며 새어 나오지 않도록 안간힘을 썼다.

드디어 도착했다. 출입문이 열렸다. "죄송합니다."라고 외치며 인파를 헤치고 밖으로 뛰쳐나갔다.

화장실이 어디지? 내리자마자 출구 쪽으로 발걸음을 재촉했다.

이제 다 왔다고 생각하니 당장이라도 흘러나올 것만 같다. 항문 주위가 꾸르륵 꾸르륵 울려댄다.

화장실 안내 표지판이 보인다. '개찰구에서 30m'라고 적혀 있다. 다행이다, 별로 멀지 않네.

설마 화장실에 빈칸이 없지는 않겠지…….

나는 화장실까지 남은 거리를 걸음아 날 살려라, 하고 뛰어갔다.

비데 물줄기가 멈추지 않는다

누가 좀 멈춰 줘. 비데 좀 멈춰 줘!

난 쇼핑몰 화장실에 있다. 이미 3분이 넘도록 세정 물줄기를 엉덩이에 맞고 있다. 심지어 물살이 넓게 퍼지는 '와이드 수류'에 수압은 '강'이다. 엉덩이 둘레가 얼얼하다.

벽에 부착된 패널의 '정지' 버튼을 눌러도 말을 듣지 않는다. 몇 번을 눌러도 수그러들 기미조차 없다. 멈추라니까. 비데야, 멈추라고!

화장실에서는 경쾌한 음악이 흘러나왔다. 때때로 세일 안내 방송이 나오기도 한다.

그러나 내 머릿속은 패닉 상태다. 왠일인기 80년대 인기를 끈 노래가 귓가에 맴돈다. 패닉 상태에 걸맞게 후렴구만 무한 반복.

조작 패널의 배터리가 방전되었거나 고장이 난 모양이다.

나는 앉은 채로 주위를 둘러보았다. 등 뒤 벽면에 온열 시트의 전원 버튼이 보인다.

손을 뻗었지만 닿지 않는다. 일어섰다간 보나 마나 온통 물바다가 되겠지.

그러니 밖으로 나가지도 못한다. 당연히 도움을 요청하기도 어렵다. 홀로 화장실에 갇힌 채 나 몰라라 쏘아대는 물줄기를 하염없이 엉덩이에 맞고 있을 뿐이다.

어느새 5분이 지났다. 엉덩이, 내 엉덩이가 아프다고 난리다.

난 결심했다. 물에 젖을 각오를 하고, 일어서자마자 뚜껑을 덮기로. 지금으로서는 이 방법이 그나마 피해를 최소화하는 길이다.

크게 숨을 내쉬고 벌떡 일어섰다. 갈 곳을 잃은 물줄기가 공중으로 솟구치더니 이내 흩어진다.

바지를 내린 채 물에 빠진 생쥐 꼴로 겁 없이 돌아섰다.

순간 물줄기가 춤추듯 방울방울 사방으로 튀는 모습이 슬로모션으로 눈 앞에 펼쳐지는 듯했다.

그러나 얼마 못 가 얼굴부터 배꼽 언저리까지 물줄기가 그대로 쏟아져 내렸다.

"으아아아아아악!"

비명을 내지르며 부랴부랴 뚜껑을 덮었다. 물줄기는 뚜껑 안쪽에서 여전히 솟구치고 있다.

엉덩이도 얼굴도 몸통도 흠뻑 젖은 나는 그 자리에 주저앉아 한숨을 쉬었다. 하아, 멈추라니까.

인생을 바꾼 여자

미국의 정신분석학자 하인즈 코헛Heinz Kohut(1923-1981)은 말한다. 자신은 살아가면서 서로 다른 유형의 세 사람을 만나길 바랐다고.

첫 번째 사람은 격려가 필요할 때 어깨를 토닥여 줄 엄마 같은 존재. 두 번째 사람은 본보기로 삼고 싶은 롤모델 같은 존재.

끝으로 세 번째 유형은 자신의 약한 부분을 숨기지 않아도 되고, 힘들 때 같이 공감해 주고 조언해 주는 존재다.

코헛이 말한 세 사람 정도는 아닐지라도 난 60년이라는 긴 세월 동안 일하며, 인생을 바꾸고 싶을 만큼 큰 자극을 준 여자를 세 명 만났다. 오늘은 그 이야기를 하려고 한다.

우선 첫 번째 여자는 화장실에서 처음 만났다……. 아니, 두 번째, 세 번째 여자도 처음 만난 곳은 모두 화장실이었다는 사실을 먼저 밝혀둔다.

첫 번째 그녀는 시나몬 향기를 풍기는 여자였다. 내가 이 직장에서 일한 지 15년쯤 됐을 때 새로 들어온 직원이었다.

시청 직원 가운데 이토록 과감하게 향수를 뿌리고 오는 여자는 그때까지 없었다.

나는 그녀에게 한눈에 반했다. 그녀 역시 화장실에 올 때면 언제나 나를 찾았다.

화장실에서 단둘이 보내는 시간은 꿀맛 같았다. 그녀의 몸은 에로틱했을 뿐 아니라 스타일 또한 내 마음에 쏙 드는 이상형이었다.

나는 그녀가 머무는 짧은 시간만으로도 충분히 만족스러웠다. 화장실에서 먼저 나가는 쪽은 언제나 그녀였다.

그녀가 화장실에서 나간 뒤에도 한참 동안 화장실에는 향기로운 내음이 감돌았다.

나는 그 여운마저 한껏 즐겼다.

매일매일 화장실에서 만났다. 그때마다 그녀는 관능미 넘치는 페로몬 향내를 풍겼다.

이루 말할 수 없이 행복한 나날이었다.

그러나 그 시간은 그리 오래가지 못했다.

그녀는 어느 날 직장에서 자취를 감췄다. 사표를 낸 것이다.

이유는 나도 안다.

다른 여직원이 화장실에서 수군대는 이야기를 들었기 때문이다.

그녀는 공무원으로 일하는 한편 야간업소에도 나갔다고 한다.

그리고 보니 그 시나몬 향에서도, 그 몸가짐에서도 어느 정도 짐이는 구석이 있긴 했다.

　동료 여직원들 사이에서는 평판이 별로였는지 화장실에서 들려오는 그녀 이야기 가운데 좋은 말은 하나도 없었다.

　그렇게 나의 아련한 사랑은 막을 내렸다.

　그로부터 20년이 흐른 어느 날, 두 번째 여자를 만났다.

　그녀는 코헛이 말한 대로 엄마 같은 존재였다. 배려심 깊은 성숙한 여자. 나이는 오십이 넘어 보였다.

　그녀 역시 날마다 수시로 화장실을 드나들었다. 다만 그녀는 나만 상대하지는 않았다. 모두에게 잘해 주었다.

　그러니 나만의 여자라고 하기는 어렵다. 좋게 말하면 '마음 씀씀이가 고운' 사람이고, 나쁘게 말하면 '애정을 흘리고 다니는' 사람이랄까.

　하지만 나는 그녀가 좋았다. 그녀를 좋아했지만 그녀와 특별한 사이는 되지 못했다. 엄마와 아들 같은 관계로 끝났다.

　그녀는 앓아누운 자녀 돌보듯, 나를 깨끗이 씻기고 정성껏 닦아주었다. 그전에도 나를 누차 닦아 준 여자는 있었지만, 그녀는 나를 대하는 태도가 남달랐다.

　과거의 여자들은 의무감에 못 이겨 대강 후딱 닦고 나가기 일쑤였다. 뭔가 묻어 있어도 신경 쓰지 않았다.

그러나 그녀는 자신의 녹색 앞치마에 오물이 묻더라도 개의치 않고, 조금이라도 더러워진 부분이 있으면 구석구석 닦아 주었다. 마치 자신의 아이를 대하는 듯한 그 모습에 마음을 뺏겼다.

솔직히 모두를 공평히 대한다는 사실이 못마땅하기도 했다. 하지만 우리는 사 형제나 마찬가지라고 생각하니 신기하게도 기분이 풀렸다.

하지만 그녀 역시 언제부터인가 화장실에 오지 않았다.

이유는 모른다. 다만 그녀가 모습을 감춘 그날부터 녹색 앞치마를 두른 또 다른 여자가 나타났다.

새로 온 여자는 그녀와는 달리 나를 대우해 주지 않았다.

그리고 세 번째 여자는 바로 오늘, 조금 전에 만났다.

오랜만에 보는 사람이었다. 그러고 보니 그녀를 만나기까지 한 달 정도 아무도 이곳에 오지 않았다.

그녀는 남자를 데리고 왔다. 두 사람은 같은 옷을 입고 있다. 하얀 작업복을 입고 헬멧을 썼다.

어쩐지 불길한 예감이 들었다.

그녀와 남자는 대화를 주고받았다.

"60년이나 된 건물이니까 역사적인 가치가 있지 않을까요."

"뭐 그렇다고 해도 내진 보강 공사를 하자면 어차피 돈이 드니까 이참에 재건축하기로 했다나 봐."

"흐음. 너무 아깝네요."

"그런가? 직원들을 위해서라도 건물을 다시 올리는 편이 낫다고 하던데. 이거 봐, 요즘 같은 세상에 쪼그려 앉는 변기가 남아 있다니."

"전 이런 화장실 처음 봤어요."

"이 화장실 아직도 현역이야. 한번 이용해 보든가."

"싫어요. 그런 말 하지 마세요, 선배. 이거 성희롱이에요."

"하하. 그래, 여긴 별문제 없으니, 그만 가자."

"네."

그녀는 화장실을 나가기 직전 잠시 내 쪽을 바라봤다. 그녀가 어떤 사람인지 난 모른다. 모르지만, 날 바라보는 눈동자가 슬픈 이별을 고하는 사람처럼 보였다.

그녀가 내가 마지막으로 본 여자였다. 길고 긴 60년간의 인생이 곧 있으면 끝난다.

나는 지금까지 이 화장실에서 만난 수많은 여자 가운데 내게 영감을 준 여자를 되짚어 봤다.

시나몬 향을 풍기던 이상형 직원. 엄마같이 따뜻한 손길로 돌봐
준 청소부. 그리고 작별을 고하던 현장 실무자.

나는 사 형제와 함께 최후의 순간을 기다렸다.

녀석들은 아무런 말이 없다.
나도 가만히 있었다.

재래식 좌변기로 일해 온 지난 60년간 행복했다.
내 인생은 여기서 마침표를 찍는다.

우지끈 소리와 더불어 주홍색 갈고리가 영원의 세계로 날 떠나보
냈다.

아름다운 사람은
떠난 자리도 아름답습니다.

IOT

IOT, 이것은 'Internet of Toilet'의 준말이다. 화장실이 인터넷에 접속되어, 사용자의 모든 정보를 상호 교환하는 장치다.

국내에서는 수년 전에 온열 변기 시트의 보급률이 85%를 넘어서면서 온열 변기 시트 시장이 포화상태가 되었다. 이에 새로 개발된 제품이 IOT다.

IOT는 크게 세 종류로 분류된다. 일반 가정에서 쓰는 IOT, 기업 또는 상가에서 쓰는 개인실 일체형 IOT, 소변기용 IOT다.

그럼 IOT로는 무엇을 할 수 있을까.

IOT 설비를 갖춘 일반 화상실에서는 먼지 양변기에 앉으면 '엉덩이 인식 장치'가 작동되어, 인터넷으로 전 세계의 엉덩이 인식 정보를 저장한 서버에 접속해서 개개인을 식별한다. 본인 인증이 완료되면 하루 화장실 사용 횟수와 화장실 사용 시간 간격은 물론 두루마리 휴지의 회전 수, 화장실에 머문 시간까지 알려준다. 심지어 스마트폰과 연동하여 사용한 화장실 위치도 액정 화면에 표시된다.

또 기업에서 쓰는 개인실 일체형 IOT는 출입문에 스스로 빛을 내는 유기EL^{Organic Electro Luminescence} 물질을 활용한 디스플레이를 설치하여 화면에 개인 정보가 뜬다.

상업용 시설에서는 유기EL 모니터용으로 제작된 광고, 건강 칼럼, 게임, 각종 동영상 등을 볼 수 있다.

참고로 소변기용 IOT는 소변기 상단에 지문 센서가 있어서 볼일을 보기 전에 그곳에 손가락을 대면 마이 토일렛^{My Toilet} 정보에 접속이 가능하다. 그뿐 아니라 센서부는 자동 소독 기능까지 갖췄다.

변기에는 체성분 분석기가 부착되어 엉덩이 표피에서 채취한 극소량의 수분으로 비만도를 판정하는 BMI^{Body Mass Index}(체질량 지수), 체지방률, 내장 지방 수치, 기초 대사량, 체내 수분율, 신체 나이, 추정 골량, 엉덩이 압력이 측정된다.

물론 체중은 변기에 앉자마자 측정된다. 소변기 역시 발이 닿는 위치에 체중계가 매립되어 있어서 체중을 알 수 있다.

그리고 검사 키트와 진단 카트리지가 내장된 IOT로는 배설물 등을 통해서 간이 검사를 할 수 있다. 검사 항목은 요당, 요단백, 요잠혈, 요비중, 요유로빌리노겐, 변잠혈 등이다. 항목 대부분이 1분 이내로 검사 결과가 나오지만, 시간이 걸리는 항목은 나중에 스마트폰으로 결과를 알려주는 방식이다.

이러한 검사 항목은 모두 디지털 신호로 바뀌어 건강 상태를 5단계로 평가한다. 또 최저 수준으로 결과가 나왔을 때는 등록된 병원에 통지하여 추후 병원 측에서 내원 안내를 한다.

검사에 드는 비용은 마이 토일렛 사이트에서 신용카드나 계좌 송금 등 원하는 방식을 선택하여 월정액으로 낸다. 당연히 보험 적용이 된다.

특히 최근 IOT 보급률이 급속도로 늘었다.

일상에서 손쉽게 대변이나 소변 검사를 할 수 있게 되면서 질병의 조기 발견이 가능해진 점이 주된 이유로 꼽는다.

정부에서는 검사 기능이 부착된 IOT 보급 확대를 위해 토일렛 에코 포인트 제도를 실시했다. 개인이든 법인이든 상관없이 화장실에 IOT를 설치하면 검사비 전액이 보험 적용되므로, 사실상 무료로 건강검진을 받는 셈이다.

이에 따라 IOT는 일대 붐을 일으켰다. 가정집에서는 물론 상업시설, 회사, 학교, 공원, 공공시설까지 IOT를 설치하여 요즘에는 IOT가 없는 화장실을 '레트로 토일렛'이라고 부를 만큼 구식 취급한다.

한편 '카메라 내장 IOT'가 신상품으로 개발되어 사생활 침해 논란을 불러일으켰고, 마이 토일렛 사이트의 개인 정보가 유출되어 사회 문제가 되었다. 또 IOT 설치 공사 시 터무니없이 높은 금액을 요구하는 'IOT 사기단', IOT 사이트를 해킹해서 가짜 정보로 접속하거나 타인의 IOT에 무단 침입하여 세정 기능을 발동시키는 'IOT 원격 조작 사건' 등 갖가지 부작용도 뒤따랐다.

그러나 정부의 토일렛 에코 포인트 제도가 견인차 역할을 톡톡히 하면서 IOT는 시행된 지 불과 4년 만에 보급률이 무려 75%에 이르렀다.

수세식 화장실, 온열 변기 시트, IOT. 이 세 가지는 높은 보급률을 보였다는 면에서 '3대 변기 혁명'으로 불린다.

IOT는 어디서든 자신의 건강 상태를 손쉽게 확인할 수 있는 만큼 이제는 없어서는 안 될 필수품이 되었다.

더 편리하고 더 건강한 세상으로 진화를 거듭하고 있는 것이다.

다만 한 가지 짚고 넘어가야 할 문제가 있다. IOT가 보급되면서 현대인의 대표적인 생활습관 병이 늘어났다. IOT 자료에 따르면 IOT 보급률에 비례하여 화장실 평균 이용 시간이 점차 길어지는 추세다.

화장실에 오래 앉아 버릇하면 생기는 병, 바로 치질이다.

어느 날 밤에 생긴 일

새벽 4시. 난 변기를 끌어안은 채 주저앉았다. 창문이 없는 우리 집 화장실에서 1시간째 이러고 있다.

머리가 빙글빙글 돌더니 화장실까지 빙글빙글 돌아간다. 지구가 돌아간다. 회전 속도에 가속도가 붙는지 점점 빨라지더니 어느 순간 오열로 바뀐다.

이미 아무것도 남아 있지 않은 위에서 거품뿐인 액체를 토해낸다. 이러다가 위가 뒤집혀서 밖으로 튀어나오는 게 아닐까 싶을 정도로 고통스럽다.

정말이지 와인을 왜 마셨을까.

난생처음 홧김에 마신 술이었다. 본가에서 보내준 술인지, 선배한테 받은 선물인지, 아니면 누군가 가져온 답례품인지 모르겠지만, 찬장 구석에 덩그러니 놓인 값싼 레드와인이 눈에 들어왔다.

평소 술을 안 마시니까 집에 레드와인이 있는 줄도 몰랐다.

어제는 맨정신으로는 견디기 힘들었다. 빈속에 술 마시면 취할 줄 뻔히 알면서 하필 레드와인을 벌컥 들이마시다니.

그러고는 울어 버렸다. 목놓아 엉엉 울었다.

그 친구하고는 발표 숙제할 때 한 조가 되었다. 원래 같은 학부인데다 같은 강의를 듣고 있으니, 대학교 1학년 때부터 아는 사이긴 했다. 하지만 그때는 말 그대로 '아는 사이'일 뿐, 대화라고 해봤자 인사를 나누는 정도가 다였다.

그러다가 대학교 3학년 때 소수 정원제로 발표 수업을 하면서 급속도로 친해졌다.

학교 근처 수제 파스타집은 둘 다 마음에 들어 한 가게라서 몇 번인가 같이 갔다.

명랑하면서도 눈치가 빠르고 어른스러운 외모에 때때로 보이는 해사한 미소. 마치 요크셔테리어 같다.

취미가 영화 감상이라는 점에서도 죽이 잘 맞았다.

수제 파스타집에 갈 때면 영화 이야기로 목소리를 높였다. 꼬리에 꼬리를 물고 대화가 이어졌다.

지난주 토요일에는 둘이서 역 앞 영화관에 갔다. 첫 데이트였다.

육상 선수와 카메라맨의 사랑 이야기다. 영화보다는 옆자리에 앉은 그 친구가 신경 쓰여서 가슴이 두근거렸다. 마른침을 삼키는 소리가 들릴까 봐 긴장했다.

고백은 하지 않았다. 조만간 하고 싶다. 늘 애정하는 파스타집에서.

그러나 설렘은 어제로 끝났다. 어젯밤 9시가 넘도록 알바를 하고 집으로 돌아오는 길에 우연히 그 친구를 봤다. 역 앞 상점가를 거니는 그 친구 뒷모습을. 그리고 그 친구 옆에 한 여자가 나란히 걷고 있었다. 발걸음을 맞추며 그 친구를 바라보는 옆얼굴. 대학에서 본 적이 없는 얼굴이다.

거기서 그만두면 좋았을걸. 끈질기게 뒤를 밟지만 않았더라면 예감이 확신으로 바뀌지도 않았을 텐데.

나는 일정 간격을 유지하면서 뒤따라갔다. 집에서 자꾸만 멀어져 간다.

두 사람은 한참 걷다가 인적이 드문 골목길로 들어섰다. 놓칠세라 종종걸음치며 모퉁이를 돌았다.

그곳은 모텔 거리였다. 분홍색과 빨간색으로 치장한 싸구려 간판에는 '90분', '휴식' 따위의 문구가 적혀 있었다. 럭셔리한 분위기의 리조트 호텔 같은 건물도 보였다.

두 사람은 그중 한 건물로 들어갔다. 어떤 모텔이었는지는 기억나지 않는다. 뇌리에 박힌 광경은 다정하게 두 손을 꼭 잡은 모습뿐.

그 자리에서 도망치듯 빠져나와 상점가를 내달렸다. 왔던 길을 되돌아서 달리고 또 달렸다.

정신을 차려 보니 어느새 집에 와 있었다. 밖에서 가까스로 참았던 눈물샘이 한꺼번에 터졌다.

시간이 지나자 어느 정도 마음이 가라앉았다. 그래서 그 친구에게 메시지를 보내 봤다.

"낼 점심 메뉴는 스피니치래."

별 의미 없는 내용으로. 스피니치는 그 친구가 좋아하는 파스타다.

1분이 지났다. 3분이 지났다.

5분이 지나고 10분이 지나도 '감감무소식'.

또 눈물이 고였다. 물을 마시려고 찬장에 놓인 컵에 손을 뻗으니 구석에 놓인 와인병이 보였다.

그렇게 단숨에 마셔 버렸지.

자정이 지날 때쯤, 취기가 오르더니 구역질이 났다. 급히 화장실로 달려가 속을 게워냈다.

피를 흘린 듯 빨간 액체가 쏟아져 나왔다.

"여자 친구가 있으면 나한테 잘해주질 말던가. 그런 미소 보이지 말라고!"

변기를 보고 소리 질렀다. 또 울음이 터져 나왔다.

"영화는 무슨. 바보같이."

"거짓말쟁이!"

"좋아하는데……."

누런 액체를 토해냈다.

변기는 아무 말이 없다. 그저 내 입에서 나오는 토사물이며 욕지거리를 받아주기만 할 뿐.

얼마나 지났을까. 신문 배달부의 자전거 소리가 어렴풋이 들린다. 까마귀가 쓰레기 더미에서 무리를 부른다. 창문 없는 화장실에서도 아침 풍경이 그려진다. 밤새 묵묵히 내 시중을 들어준 변기가 새삼 고맙다.

이제 곧 날이 밝아온다. 하루가 열린다. 그 친구를 어떤 얼굴로 대해야 될까.

다 말라 버린 줄 알았는데 다시 눈물이 차오른다.

배려하는 마음 -her side-

딩동.

늘 하던 대로 남자 친구 집 벨을 누르고 한 발 물러섰다.

철컥.

곧이어 남자 친구가 문을 열고 얼굴을 빼꼼히 내민다.
"얍."
난 오른손을 들고 인사했다.
"후후."
남자 친구도 내게 손을 흔든다.
현관에서 신발을 벗고 안으로 들어갔다. 왼쪽에는 부엌이 있고,
오른쪽에는 양변기와 욕실이 같이 있는 일체형 화장실의 개폐형 양
문이 보인다. 부엌과 화장실 사이의 좁은 복도를 지나가면 3평짜리

방 한 칸이 나온다.

도시에 사는 1인 가구를 위한 전형적인 원룸이다.

"짠, 이거 봐라."

나는 비디오 대여점에서 받은 봉투를 꺼내서 보여줬다.

"아, 영화?"

"응. 이건……."

치익, 봉투의 테이프를 뜯어서 제목이 보이도록 DVD 케이스를 꺼내 들었다.

"짜잔—."

"오, 신작이다. 빌려주는 데가 있구나!"

"그니까. 끝내주지? 빨리 보자."

내가 빌려 온 DVD는 최신 할리우드 영화로 얼마 전부터 대여가 시작됐다.

지구를 침략한 외계인과 지구 연합군이 전투를 벌이는 SF 대작이다.

남자 친구가 얼마 전 근처 DVD 대여점에서 빌리려고 했지만, 이미 다 빌려 가서 보지 못했다는 걸 기억하고 있었다.

마침 우리 집 근처 비디오 대여점에 딱 하나 남아 있길래 바로 빌려 왔다.

사삭. 위이……잉, 윙, 윙.

남자 친구가 냉장고를 열더니 안을 들여다본다. 이상하게 냉장고
에서 낮은 기계음이 난다. 고장이라도 난 걸까.

"흐─음. 음료수가 없다. 편의점 갈래?"

"그─래."

우리는 가벼운 간식거리를 사러 편의점으로 향했다.

"샤라라 샤라라 샤라라라!"

편의점에서는 최신 유행 팝송이 흘러나왔다.

─들려드린 음악은 CD 부문 2주 연속 1위를 차지한…….

"콜라 마실래?"

"아, 난 진저 에일로."

"응."

남자 친구는 진저 에일 페트병을 꺼내서 바구니에 담았다.

편의점 음료 코너에서는 남자 친구네 냉장고에서 나는 소리가 들
리지 않았다.

"마실 거야?"

남자 친구가 술을 가리켰다.

"응—. 술은 좋아."

"그래."

이어서 남자 친구는 스낵류와 과자를 손에 잡히는 대로 바구니에 넣었다.

"소시지는 점보 사이즈랑 자이언트 사이즈 둘 다, 바삭한 감자튀김하고 닭꼬치도."

데워 먹기만 하면 되는 간편식도 몇 개 샀다.

지이익.

DVD를 플레이어에 넣었다.

방의 불을 끄고 진저 에일 페트병 뚜껑을 딸깍 열었다.

"건배—."

"와우—."

배급처 로고가 화면에 표시되고 영화가 시작됐다.

스읍스읍, 쩌업쩌업.

캬아캬아 후와아—

출—동! 으드드득 으드드득. 쿠우울컥.

코르륵 코르륵 코르르륵, 코옥.

꺼어어어어억……. 후웁.

쉬이익. 뽀글뽀글뽀그르.

영화 속 웅장한 효과음이 먹고 마실 때 나는 소리처럼 들린다.

―젠장! JHN5한테 기습 공격 당했어!

―RBZ, 뒤를 부탁한다!

"안 돼, 안 돼, 뒤에서 오잖아!"

"허억―."

나는 나대로, 남자 친구는 남자 친구대로 영화에 푹 빠져들었다.

영화는 점점 절정으로 치달았다.

방금 치른 치열한 공중전과 대비되는 장면. 이제 최고 사령관이
결단을 내려야 한다.

좀 전까지 먹은 과자는 어느새 다 떨어졌다.

긴박한 상황이다.

지금 갈까. 지금 아니면 못 갈까. 썩 좋은 타이밍은 아닌 것 같다.
하지만 더는 못 참겠다.

"저기, 나 화장실 좀."

"아, 잠시 멈출까?"

남자 친구는 영화를 일시 정지하려고 했다.

"아니, 괜찮아."

"알았어."

냉큼 일어나서 화장실 손잡이를 당겼다.

드르륵, 탁.

조용한 장면인 만큼 방에서 나는 소리가 크게 들렸다.

나는 바지와 속옷을 내리고 앉았다.

—사령관 님, 전 그렇게 냉철하지 못합니다.

영화 대사가 화장실에도 들렸다. 영화 대사가 들린다면 화장실에서 나는 소리도 들릴지 모른다.

'소(小)' 레버를 눌러서 물소리를 냈다.

그리고,

뿌우웅······.

방귀를 뀌었다.

감자튀김이며 간편식이며 그렇게 먹어댔으니 방귀가 나올 만도 하다.

하지만 남자 친구 앞에서 소리 나는 방귀를 뀌기는 창피하고, 무엇보다 냄새가 나는 것은 딱 질색이라서 참고 있었다.

하지만…… 더는 참을 수가 없어서 화장실로 도망친 거다.

이참에 작은 볼일도 보고.

쏴아아, 하고 물 내리는 소리에 맞춰서 작은 볼일을 봤다. 물소리에 묻혀서 볼일 보는 소리가 들리지 않도록.

마지막으로 다시 한번 '소(小)' 레버를 눌렀다.

쏴아아, 쉬리리릭…….

"야아, 나 왔어."

"어, 빨리 왔네."

"후다닥 나왔지!"

"사령관이 거부했어."

"진짜―?"

그리고 아무 일도 없다는 듯 영화를 계속 봤다.

영화가 끝나갈 무렵에는 엄청난 효과음과 함께 공중에서 펼쳐지는 대규모 격투 장면이 나왔다.

으다다다다다, 피융—!
쿠오오오오오, 쿠—웅!
휘이이이이익, 타—악!

다행이다. 내 소리는 이렇게 크지 않아서.

배려하는 마음 -his side-

여자 친구가 빌려온 SF 초대작은 좀 전까지 치열한 대규모 공중전으로 화면을 압도했지만, 이제는 고뇌의 장면으로 바뀌었다.

최고 사령관이 결단을 내려야 하는 시점이 다가왔다.

나는 여자 친구와 함께 소파에 앉아서 영화를 봤다. 눈앞의 탁자에는 빈 봉지가 여기저기 흩어져 있다. 영화 초반에 간편식과 감자튀김을 다 먹어 버린 탓이다. 2리터짜리 진저 에일도 얼마 남지 않았다.

그때 여자 친구가 갑자기 자리에서 일어났다.

"저기, 나 화장실 좀."

"아, 잠시 멈출까?"

나는 화면을 일시 정지하려고 했다.

"아니, 괜찮아."

"알았어."

여자 친구는 재빨리 일어나 부엌 맞은편 화장실로 들어갔다.

불투명한 화장실 양문으로 불빛이 새어 나온다.

나는 탁자 위 리모컨을 쥐고 '음량'을 두 단계 높였다.

—사령관 님, 전 그렇게 냉철하지 못합니다.

목소리가 크게 들린다.

여자 친구는 더는 못 참을 때까지 참지 않았을까. 그렇게 진저 에일을 마시면 누구나 화장실에 가지 않고는 못 배긴다.

우리 집은 18평 원룸이다. 방 한 칸과 일체형 화장실과 조그만 부엌이 전부다. 그러다 보니 화장실에서 나는 소리가 방까지 다 들린다.

여자 친구가 불편하지 않도록 음량을 더 크게 했다.

좀 전에 DVD를 일시 정지할까, 하고 물어본 건 실수다. DVD를 멈추면 방이 조용하니까 여자 친구가 내는 소리가 더 잘 들릴 수밖에 없다. 여자 친구는 틀림없이 창피하다고 느꼈을 거다.

화장실에서 물 내리는 소리가 들린다. '에티켓 벨' 대신 물을 내렸겠지.

얼마 안 있어 다시 물 내리는 소리가 났다.

화장실 불이 꺼지고 여자 친구가 나왔다.

"야아, 나 왔어."

"어, 빨리 왔네."

"후다닥 나왔지!"

"사령관이 거부했어."

영화 내용을 이야기하자 여자 친구는 "진짜—?" 하고 놀라더니 소파에 앉아서 계속 영화를 봤다.

영화가 끝날 무렵에는 이 작품의 최대 볼거리인 대규모 공중전이 무시무시한 효과음과 함께 펼쳐졌다.

아, 맞다. 음량 줄이는 걸 깜박했다.

보고 싶어 보고 싶어 보고 싶어

아파트 입구에 자동 잠금 장치가 있으니, 별로 대수롭지 않게 넘겼는지도 모른다. 하지만 그 여자는 성격이 보통이 아니니 좀 더 철저히 경계했어야 했다.

지금으로부터 4시간 전, 밤 9시가 넘은 시각에 인터폰이 울렸다. 이 시간에 누구지, 하고 연동된 TV 모니터를 보니 그 여자가 서 있었다.

소스라치게 놀랐다. 설마 진짜로 올 줄은 꿈에도 몰랐다. 아니, 생각하고 싶지도 않다. 그 여자하고는 이미 끝난 사이다.

광각 렌즈 카메라에 비친 그 여자는 아파트 입구에서 하얀 이를 드러내보이며 활짝 웃더니, 카메라를 보면서 무슨 말인가 하고 있다.

응답 모드를 OFF로 설정해 두었으므로 목소리는 들리지 않지만, 입 모양을 보니 "열어 줘, 여기 문 좀 열어 줘."라는 말을 반복한다.

당연히 '열림' 버튼은 누르지 않았다. 잠시 모니터로 상황을 살펴

보니, 여자는 이내 단념하고 돌아갔다.

방으로 돌아와서 휴대전화를 손에 들었다. 그 여자와 주고받은 메시지를 읽어봤다.

—보고 싶어
—보고 싶어
—왜 무시해
—보고 싶어
—그래 알았어
—안녕

그 여자가 일방적으로 보낸 메시지. 이게 마지막 연락이었다. 날짜는 4개월 전.

그 여자와 사귄 건 벌써 반년 전 이야기다. 그 여자가 고백해서 사귀게 됐고, 내가 그만 만나자고 해서 헤어졌다. 고작 2개월 만난 짧은 연애였다.

예쁘장한 이목구비에 윤기 있는 긴 머리. 게다가 스타일이 세련됐고 가슴도 적당했다. 이런 여자한테 고백을 받으면 "좋아요."라고 대답할 수밖에.

그래서 만나기 시작했는데, 집착이 말도 못하게 심했다. 고백한 그날부터 우리 집에서 같이 살다시피 했으니까.

틈만 나면 바짝 몸을 기대며 "자기, 나 사랑해?" 하고 묻는다.

"사랑해." 하고 대답하면 "나도 자기 사랑해." 하고 키스를 기다린다.

처음에야 기뻤지만, 집요하게 반복되는 행동에 점점 진절머리가 났다.

그 여자는 내가 가는 곳이면 어디든 따라왔다. 욕조에 들어가면 자신도 따라 들어왔고, 화장실에 가면 화장실 문 앞에서 기다렸다. 빨리 안 나오면 "아직이야? 뭐 해?" 하고 문을 두드린다.

남자들끼리 놀러 가려고 해도 "여자 있는 거 아냐? 나도 갈래." 하고서는 정말 따라온다. 일하러 가면 "정말 일하는 거야? 나 근처에서 기다릴게." 하고 근처에서 대기 중이다.

나중에는 내가 바람을 피우는 것 같다면서 자꾸 의심했다.

이런 상황에 염증을 느껴서 그만하자고 말을 꺼냈다.

"바람 안 피운다니까. 의심하지 않아도 돼."

"그럼, 증명해 봐."

"이렇게 너하고만 있는데 어디 바람 피울 시간이 있긴 하니?"

"밤에 잘 때 몰래 나갔다 왔잖아."

"무슨 바보 같은 소리야. 말이 되는 소리를 해야지."

"자기는 내가 싫어졌어?"

"하아, 이제 그만 만나자."

아마 이런 대화였던 것 같다. 그렇게 해서 반년 전 반 강제로 헤어졌다.

우리 집에서 나간 뒤로도 한동안 "자기만 좋다면 다시 시작하고 싶어.", "자꾸 의심해서 미안해." 이런 반성과 사과의 메시지를 보내왔다.

나도 "미안. 더는 무리야."라든가 "의심 살 만한 행동을 했다면 사과할게." 하고 친절하게 답장해 줬지만, 끝없이 반성과 사과의 메시지가 이어지자 결국 질려서 무시하게 되었다.

─왜 무시해

─보고 싶어

─그래 알았어

─안녕

그리고 4개월 전 마지막 메시지를 받고 나서 비로소 그 여자하고 끝이 났다.

그때 갑자기 휴대전화가 부르르 떨리더니 메시지가 도착했다.

―보고 싶어

순간 그 여자인가 싶어 보낸 사람을 확인했더니 안도의 한숨이 절로 나왔다. 지금 만나는 여자 친구였다.
새 여자 친구는 지난달부터 만나기 시작했다. 그 여자하고 완전히 끝난 뒤로 사귀었으니까 결코 바람이 아니다.

―지금 내가 갈까?

이렇게 답장을 보냈다.

―아니, 괜찮아. 그냥 좀 쓸쓸해서
―그래
―자기랑 나는 언제든 만날 수 있으니까. 잘 자

지금 만나는 여자는 속박하지 않는다. 서로 좋은 관계를 유지해

나가고 있다. 나도 잘 자라고 답장을 보냈다.

시계를 보니 새벽 1시가 넘었다. 그 여자는 다시 오지 않았다. 제 풀에 꺾여 포기한 모양이다.

자기 전에 화장실에 들어가 볼일을 봤다. 문득 새 여자 친구한테 온 문자가 떠올랐다.

자기랑 나는 언제든 만날 수 있으니까…… 자기랑 나랑…….

지금 만나는 여자 친구는 '자기'라는 표현을 쓰지 않는다.

'자기'라니…… 그 여자다!

큰일 났다. 여자 친구가 위험하다. 빨리 여자 친구한테 가 봐야겠다!

나는 화장실에서 나오려다가 멈칫했다.

현관문에 열쇠를 꽂는 소리가 났다.

철커덕

재빨리 몸을 숨겼다. 어둡고 비좁지만, 빈틈으로 집안 풍경이 보인다.

그 여자가 집으로 들어왔다. 어떻게? 그 여자한테 준 열쇠는 돌려 받았는데!

히히 웃으면서 내가 있는 곳을 지나 방으로 들어갔다.

위험하다. 발각되면 골치 아파진다.

"어? 집에 없는 거야-?"

그 여자가 방을 휘젓고 다니는 소리가 들린다. 여기 숨어 있어 봤 자 금방 들킬 게 뻔하다. 기회를 봐서 밖으로 도망치자.

"저기, 어디 숨어 있는 거야?"

쾅, 하는 소리가 들린다. 방에 있는 옷장 문을 여는 소리다.

"없네……. 여기 숨었나?"

드르륵.

화장실 옆에 있는 문이 열렸다. 욕조가 있는 곳이다.

"이상하네."

이런. 점점 거리를 좁혀 온다.

"자, 여기 있나?"

그 여자가 화장실 문을 열었다.
덜커덩.

"어? 여기도 없네."

이대로 돌아가. 제발.
나는 욕조 맞은편에 있는 화장실의 작은 수납장에 숨어 있다.
부탁이야. 돌아가, 이대로…….

"찾았다-!"

그 여자가 수납장 문을 열고는 낄낄 웃고 있다.

"연락 없으니까 걱정돼서 내가 왔지. 드디어 만났네."

그 여자 손에 들린 식칼. 반대편 손에는 여자 친구한테 준 열쇠와 열쇠고리를 쥐고 있다.

"자기랑 나는 언제든 만날 수 있으니까, 죽어 버려. 잘 자."

갇혀 버렸다

화장실에 들어간 순간, 문밖에 놓아 둔 물건이 엎어지는 소리가 났다.

"앗, 안 돼."

이렇게 될 줄 알았으면서도 화장실 앞쪽 복도에 물건을 세워 두었다. 손잡이를 잡고 문을 열어 봤지만 역시나 열리지 않는다.

화장실에 갇혀 버렸다.

그래도……. 어떻게든 되겠지.

일단 화장실에 왔으니 목적에 걸맞게 볼일을 봤다. 너무 급했기 때문에 기세 좋게 쏟아져 나왔다.

화장실 휴지로 잘 닦고 '소(小)' 버튼을 눌러서 물을 흘려보냈다. 물소리가 화장실에 울려 퍼진다.

"자, 그럼."

다시 손잡이를 잡았다. 아까와 마찬가지로 힘껏 문을 밀어 보았다.

아, 안 열리네…….

다시 한번. 이번에는 몸을 옆으로 돌려서 어깨로 문을 밀쳐 봤다.

탕.

부딪치는 소리가 난다.
"아야."
그래도 열리지 않는다.
"미치겠네. 아이고……."

몇 번이나 문을 밀쳐 보았다.
탕. 탕. 탕.

"이런……." 꼼짝도 하지 않는다.
흐르는 물이 멈추자 화장실은 조용해졌다.

나는 그 자리에 쪼그리고 앉아 문의 틈새로 바깥에 놓인 물건이
어떻게 됐는지 살펴봤다.
어두컴컴하다. 엎어진 물건이 빈자리에 꽉 끼어 버린 모양이다.

문 사이로 손가락을 집어넣어 물건을 움직여 보려고 했지만, 까딱도 하지 않는다.

큰일 났다. 큰일 났어. 진짜 갇혀 버렸다. 침착하자, 침착하자. 호랑이 굴에 잡혀가도 정신만 차리면 산다.

좋아. 일단 머릿속을 정리해 보자.
마음을 다잡을 겸 상황을 따져 봤다.

우선 내 스펙. 여자. 23세. 1인 가구. 아파트 3층. 남자 친구 없음. 남자 친구는 상관없나? 아니, 남자 친구가 있다면 도와주러 오지 않을까? 남자 친구 관련 있음!
소지품. 스마트폰 없음……. 그러고 보니 소지품이 아무것도 없다.
계절은 여름. 화장실 더움. 화장실 창문 없음.
그렇구나. 아까부터 신경 쓰였는데 화장실이 푹푹 찐다. 혹시 위험하지 않을까? 고온다습한 밀폐 공간에 장시간 있으면 열사병에 걸리기 쉽다던데.
하지만 위험하다고 해도 이미 밤이니까 괜찮겠지. 문제없음.

그리고…… 그래, 갇혀 버린 이유. 이건 완전히 내 잘못이지. 일이 이렇게 된 것은 제 부덕의 소치이옵니다. 뭐래니, 나도 참.

얼마 전 조명등이 고장 나서 새로 바꿨다. 그 조명등을 포장할 때 쓴 골판지 상자. 이게 납작하면서도 큼지막해서 엎어지면 화장실 앞 복도에 꼭 들어맞을 크기였다. 그래서 이 골판지를 화장실 앞에 두면 자칫 갇혀 버릴지도 모르겠다고 생각했다.

그 골판지 상자에 고장 난 조명등을 넣고 화장실 앞 복도에 세워 두었다.

그렇다. 자칫 화장실에 들어갔다가 갇혀 버릴까 봐 걱정하면서도 화장실 앞에 골판지 상자를 세워 두었다.

방에 두면 거추장스럽잖아.

이런 사정으로 자기 꾀에 걸려 넘어진 신세가 되어 버렸다.

또…… 화장실에 있는 물품.

화장실 안을 둘러보았다. 화장실 휴지, 변기용 솔, 섞어 쓰면 위험한 세제들, 청소용 시트, 생리용품, 방향제, 그리고 '남자를 사로잡는 인기 비결 99'라는 책.

아아. '서바이벌 테크닉 99'라면 좋았을 텐데.

'화장실에 갇혔을 때 탈출하는 법'과 같은 내용이 99가지 서바이벌 테크닉에 실려 있을까? 없을 것 같다.

나는 변기용 솔을 집어서 자루 부분을 화장실 문의 빈틈으로 끼워 넣었다.

이것도 '꽝'이다. 들어가지 않는다.

인기 비결 책도 마찬가지로 빈틈에 들어가지 않는다. 남자를 사로잡으려면 이렇게 두꺼운 책을 읽고 궁리해야 한다니. 원망스럽다.

페이지를 술술 넘겨서 절반 분량 정도만 빈틈에 넣어 봤지만, 종이가 힘없이 휘어져서 골판지를 밀어낼 수가 없다.

막 소리를 질러 볼까?

"누구 좀 도와주세요! 사람 살려! 화장실에 갇혔어요! 여기서 꺼내 주세요! 제발, 사람 없어요? 도와주세요!"

아무런 대답도 없다. 아무런 소리도 들리지 않는다. 더 소리 질러 봤자 스스로 창피하기만 할 뿐. 아냐, 지금 찬밥 더운밥 가릴 때가 아니지.

시간이 얼마나 지났을까. 날이 환해졌다. 아침도 아니고 점심때가 다 된 것 같다.

금방 나갈 줄 알았는데 나는 아직도 화장실에 있다. 소리를 지르고, 손가락을 문틈에 넣고, 문을 밀쳐 보기도 했다. 그뿐 아니라 밤새도록 갖가지 방법을 시도해 봤지만, 어느 것 하나 성공하지 못했다.

화장실은 갈수록 더위가 심해져 오고 결국 열사병에 걸려 쓰러지고 말 것 같다.

아무도 없는 데다 갇혀 있기도 하니, 더는 더위를 견딜 수 없어서 옷을 다 벗어 버렸다. 브래지어도 내던지고 팬티 한 장만 달랑 걸친 채 화장실에 있다.

브래지어의 후크를 활용해서 골판지를 움직여 봤지만, 그 방법도 잘되지 않았다.

"덥다……."

바닥에 앉아서 두 다리를 뻗었다. 그나마 바닥이 시원하다.

물을 먹고 싶다.

나는 변기에 눈을 돌렸다.

"싫어." 안 돼. 이건 안 돼.

이 변기는 물탱크가 없다. 세면대용 수도꼭지가 없으니 똑똑 떨어지는 물도 없다. 물이 있는 곳은 변기뿐이다.

고개를 세차게 도리질 쳤다. 이건 안 돼. 마시면 안 돼.

의식이 몽롱해진다. 여기서 죽는 걸까. 기력이 다해서 죽고 마는 걸까.

어제 새벽, 혼자 사는 여성(23세)이 자신의 집에서 옷을 다 벗고 숨진 상태로 발견되었습니다. 이렇게 보도되는 걸까.

끔찍하다……. 나가고 싶다. 여기서 나가면…….

빨리 나가고 싶다…….

"제발 구해줘……." 부탁이야……. 빨리 나가고 싶다…….

눈에 고인 눈물이 바닥으로 한 방울, 두 방울, 이어서 후드득 떨어졌다.

눈물 때문에 사물이 흐물흐물 보인다.

흐물흐물. 바닥도 변기도 내 다리도. 눈에 보이는 건 모두 흐물흐물 찌그러져 보인다.

문도 골판지도 흐물흐물해지면 좋으련만.

응? 잠깐. 흐물흐물?

골판지에 물……. 그래. 그럼 될지도 몰라.

눈물을 훔쳤다. 번뜩이는 아이디어가 스치고 지나갔다.

변기에 있는 물을 바라봤다.

"좋아!" 마시는 것보다야 훨씬 낫다.

변기에 두 손을 넣고 물을 떴다. 되도록 물이 떨어지지 않도록 조심하면서 문 아래 빈틈으로 물을 흘려보냈다.

이 작업을 수없이 반복했다.

그러자 골판지가 젖어서 흐물흐물해졌는지 문이 조금씩 열리기 시작했다.

이제 얼마 안 남았다. 이번에는 성공이다. 나갈 수 있다!

두 시간 정도 반복했을 것이다. 골판지가 말랑말랑해져서 밖으로 팔을 내밀 만큼 문이 열렸다.

밖으로 팔을 뻗어서 엎어진 골판지를 세워 놓았다.

속에 조명등이 들어 있어서 무거웠지만, 안간힘을 써서 밀어내자 움직였다.

그렇게 열 시간이 훌쩍 지나고 나서야 밖으로 나왔다.

아아, 살았다…….

안에 사람 있어요

　여기는 7층짜리 다용도 건물. 높은 빌딩 사이의 자투리땅을 메우려고 세운 건물이라서 모양이 좁고 길쭉하다. 층계는 하나고 임대한 가게도 하나뿐이다.

　1층에는 마르게리타 피자를 마음껏 먹을 수 있는 이탈리안 식당 겸 바가 있고, 그 식당을 바라본 상태에서 왼쪽 안으로 이어지는 복도가 있다. 복도 끝에는 엘리베이터, 비상계단, 그리고 화장실이 모여 있다. 외관이나 벽의 흠집 상태를 보아 지은 지 30년 정도 된 것 같다.

　이 건물 5층에는 직원 50명 정도 되는 작은 회사가 있다. 이 회사에서 벌어진 소소한 화장실 이야기를 들려줄까 한다.

　남자 신입사원이 화장실에 들어왔다.
　남자 화장실에는 소변기가 2개 있고 소변기 뒤편으로 칸막이 화장실이 2개 있다. 남자는 그중 가장 안쪽 화장실에 들어갔다.

바지를 내리고 변기에 앉기가 무섭게 큰 소리를 내면서 몸속 찌꺼기를 단숨에 밀어냈다. 아마도 업무를 일단락 지을 때까지 참은 모양이다.

얼마 지나지 않아 썩은 부추 냄새 같은 지독한 악취가 변기에서 풍겨 나와 칸막이실 전체에 가득 찼다.
남자는 찌푸린 얼굴로 등 뒤의 레버를 내려 물을 흘려보냈다.
배변 뒤의 상쾌함 때문인지 업무에서 벗어난 해방감 때문인지, 남자는 볼일을 다 보고도 한동안 생각에 잠겨 있다.
이윽고 또 다른 남자가 화장실에 들어와서 소변기 앞에서 볼일을 봤다.

갑자기 불이 꺼졌다. 깜깜하다. 사람이 들어오면 알아서 불이 켜지는 자동 점등 기능이 부착되어 있나.
남자는 손을 조심스럽게 높이 들었다. 그러나 불은 들어오지 않았다.
남자는 머리를 위아래로 움직였다. 그러나 불은 들어오지 않았다.
남자는 몸을 한껏 흔들어 보았다. 그러나 불은 들어오지 않았다.
남자는 자세를 바로잡고 잠시 고민했다. 그리고 결심했다.

남자는 어둠 속에서 조용히 화장실 휴지로 뒤를 닦았다. 같은 동작을 두세 번 반복한 뒤, 천천히 일어나서 바지를 입었다.

물을 내리고 아무 일도 없다는 듯 칸막이실에서 나왔다.

남자는 화장실 입구에 있는 전기 스위치를 살펴봤다. 스위치는 자동 점등 기능이 있는 제품이 아니었다. 온오프를 수동으로 조작하는 유형이었다.

신입사원은 스위치를 눌러 불을 켰다. 화장실이 환해졌다.

전기 스위치 위에 간단한 메모가 적혀 있었다.

"절전. 사용 후에는 전기 스위치를 꺼 주시길 바랍니다."

칸막이실에 사람이 있는 줄 모르고 불을 꺼 버린 것이다.

이 회사에서는 종종 일어나는 일이다.

한편 이 회사에 오래 근무한 고참 직원에 따르면, 칸막이실에 들어갔을 때는 자신의 존재를 알리려고 일부러 두루마리 휴지를 세게 돌린다거나 기침을 연거푸 한다고 한다.

청춘을 알아준 화장실

3층 복도 저 끝에 계단과 화장실이 있고 그 앞에 제2미술실이 있다. 평일에도 좀처럼 사람이 오지 않는 데다, 토요일 오전이라면 우리밖에 없으니 비밀 장소로 딱이다.

7월 7일, 칠석날. 동아리 활동을 마친 뒤 제1미술실 문단속을 하고 나올 때였다. 먼저 돌아간 줄로만 안 그녀가 내게 다가왔다.

"무슨 일 있어?" 이렇게 묻자 그녀는 금방이라도 울음이 터질 것 같은 얼굴로 할 말 있다는 듯 나를 올려다봤다.

"분실물?"

미술실 문을 다시 열려고 그녀에게 열쇠를 내보였다. 그녀는 고개를 세차게 흔들었다.

그녀는 나보다 한 학년 아래―그러니까 중학교 1학년―미술부원이다.

한동안 침묵이 이어진 뒤 그녀가 어쩔 줄 몰라 하며 이렇게 말했다.

"저 선배, 좋아……해요."

그때부터 우리는 사귀기 시작했다. 그녀가 고백한 지 두 달 정도 됐지만, 나는 어쩐지 쑥스러워서 친구들과 미술부원은 물론 부모님과 누나에게도 여자 친구가 생겼다는 사실을 말하지 않았다.

그녀도 마찬가지인 것 같았다. 우리는 몰래 연애 중이다.

이런 사정으로 우리 중학생 커플의 비밀 데이트 장소는 집에서 제법 떨어진 공원이나 이웃 동네 대형 쇼핑몰이 되었다. 어쨌든 아는 사람을 마주치지 않을 만한 곳에 가는 거다.

실은 우리 집에 초대해서 좋아하는 만화 이야기도 하고 둘이서 게임도 하고 같이 숙제도 하고 또 뭐를 할까…… 이런 생각을 하기도 한다. 그녀 집에 놀러 가고 싶기도 하지만, 나도 그녀도 집에 아무도 없을 때가 없어서 좀처럼 기회를 못 잡고 있다.

그러던 중에 둘만의 비밀 장소인 '제2미술실'을 발견했다.

제2미술실은 평소 잠겨 있다. 원래는 교실이었는데, 지금은 창고 대용으로 쓴다. 석고상이나 화구, 목재, 쓰지 않는 오래된 책상이나 의자 등을 보관한다.

그리고 학생 작품을 두는 선반도 있다.

나는 미술부의 부부장이라서 동아리 활동 시간에는 교무실을 출입하거나 미술부 고문 선생님께 열쇠 꾸러미를 빌릴 수 있다.

동아리 활동은 제1미술실에서 하니까 제2미술실은 사용한 적이 없다. 그러나 열쇠 꾸러미에는 제2미술실 열쇠도 있다.

평일 동아리 활동을 할 때는 부원들이 북적대고, 제2미술실에 준비물을 가지러 가는 학생이 가끔 있지만, 일단 토요일에는 미술부 활동이 없다.

그러니 토요일에 활동 신청서를 작성해서 열쇠를 빌리면 그곳은 아무도 오지 않는 비밀의 장소가 되는 것이다.

"그래서 같은 반 남자애가 '할배 선생'이라고 부른 뒤로는 다들 그렇게 부른대. 안 됐어. 아직 그렇게 불릴 나이가 아닌데."

제2미술관의 좁은 자리에 낡은 의자를 나란히 놓고 우리는 이야기를 나눴다.

창문의 하얀 커튼이 바람에 춤추듯 휘날린다. 먼지 쌓인 공간에 신선한 공기가 스민다. 토요일 아침은 상쾌하다.

3층 창문에서 보이는 풍경을 둘이서 바라보면서 손을 맞잡고 잡담을 한다.

아무도 모른다. 우리만의 비밀 데이트. 그녀에게 닿을 때마다 두

근거리는 가슴. 나쁜 짓을 하는 것처럼 두근거리는 마음.

학교 이야기. 친구 이야기. 좋아하는 만화 이야기. 서로 얼마나 좋아하는지 확인하는 말들.

대화가 끝날 때쯤이면 키스를 나눈다. 드라마나 만화에서 본 것처럼 눈을 감고 입술을 포갠다.

그리고 둘이서 '언제까지나 함께 하자.'고 맹세한다.

나도 남자인 만큼 당연히 키스 다음 단계도 하고 싶어진다. 그녀를 볼 때면 봉긋 내민 가슴이 나를 유혹한다.

나는 아직 키스 이상은 해 본 적이 없다. 이럴 때는 어떻게 하면 좋을까. 물어봐야 하나. 아니면 직진해야 하나.

"어? 왜 그래?"

"아, 아무것도 아냐."

잡고 있던 손에서 땀이 배어 나온다. 난 손을 빼서 교복 바지에 땀을 닦았다.

그래. 가는 거야. 가자.

그녀를 바라봤다.

그래. 그대로 손을 그곳에.

좋아. 가자. 가는 거야.

이렇게 결심을 굳힌 순간 그녀가 작은 목소리로 말했다.

"저기, 발소리 들리지 않아?"

"어?"

깜짝 놀라서 귀를 기울여 보니 분명 누군가 복도에서 이쪽으로 오는 소리가 들렸다.

한걸음, 한걸음 묵직한 어른의 발걸음. 어깨가 딱 벌어진 다부진 체격. 이 발소리는…… 미술부 고문 선생님이다.

"어쩌지? 여기 오면."

그녀가 불안에 떤다.

"괜찮아. 문 잠갔으니까."

만에 하나 선생님께 들키면 어떡하지. 중학생 남녀 둘이 아무도 오지 않는 장소에 몰래 숨어 있다는 사실이 발각되면!

"저기, 어떡해?"

그녀가 내 팔을 감싼다. 소복하게 솟은 가슴이 팔에 닿았다.

"아."

"왜?"

"아무것도 아냐."

보드랍다. 하필 이럴 때.

마침내 발소리가 멈췄다. 제2미술실의 문 앞에서. 그리고 문이 덜컹덜컹 흔들리는 소리가 난다.

그만하고 빨리 돌아가, 이렇게 속으로 빌었다.

그러나 다음 순간 뜻밖의 소리가 들려왔다.

문 너머에서 열쇠 꾸러미를 만지작거리는 소리였다. 여벌 열쇠가 있었나. 심지어 열쇠 구멍에 열쇠를 꽂는 소리가 났다.

"어떻게 해? 들키면!"

제2미술실의 열쇠가 아닌지, 열쇠를 다시 뺐다.

나는 눈 깜짝할 사이에 도망칠 방법을 떠올렸다.

"좋아. 이렇게 하자. 넌 여기 그대로 있어."

"어? 어떻게 하려고?"

"걱정하지 마."

나는 선생님이 열쇠를 꽂고 있는 앞문을 피해서 뒷문으로 향했다.

선생님은 두 번째 열쇠를 꽂았다.

선생님이 문을 열고 들어오는 순간 나는 제2미술실을 빠져나가 바로 옆에 있는 남자 화장실로 들어갔다.

천만다행이다. 최악의 사태는 면했다. 둘이 함께 있는 모습을 들켜서는 안 된다.

나는 소변기 앞에 서서 볼일 보는 척했다.

그때 선생님이 남자 화장실에 들어오셨다.
나는 선생님을 바라보며 시치미를 뚝 떼고 인사했다.
체격이 천하장사 못지않은 선생님은 무뚝뚝한 표정으로 나를 쳐다봤다.

"너 말이지."
"예……."
혼쭐나겠구나, 그럴 줄 알았다.

"남자라면 여자를 먼저 대피 시켜."
선생님은 딱 그 말씀만 하시고 바로 화장실을 나가셨다.
난 어안이 벙벙해서 계속 볼일 보는 척하다가 뒤늦게 선생님 말뜻을 이해했다. 내가 한 행동이 몹시 부끄러웠다.

며칠이 지나도 미술부 선생님께 꾸중을 듣지도 않았고, 담임선생님께 불려가지도 않았다. 선생님은 모든 것을 다 아시면서도 우리의 비밀을 끝까지 지켜주셨다.
그날 이후 난 조금 어른이 된 것 같은 기분이 들었다.

앞으로는 내가 그녀를 든든히 지켜주겠다고 다짐했다.

어느 회사의 부탁

한 꼬마 빌딩에서 조그만 사업체를 운영하는 사장은, 화장실에 칸막이실이 하나밖에 없어서 뒤탈이 날 지경이었다.

늘 시간에 쫓기던 사장은 회의와 회의 사이에 화장실에 갔지만, 하필 그때 칸막이실에 사람이 있으면 다음 회의가 끝날 때까지 참아야 했다.

사장은 친구인 T 박사에게 상담을 의뢰했다.

"칸막이실이 꽉 차지 않는 화장실을 만들어 주게."

"그럼 회전율이 높은 화장실이 필요하다는 말인가?"

"그건 잘 모르겠네. 뭐가 됐든 원할 때 언제든 칸막이실에 들어가고 싶어."

"흐음. 만들어 보겠네."

다음 날 T 박사는 발명품을 가지고 회사에 왔다.

"이걸 부착하면 화장실 회전율이 높아질 걸세."

박사는 화장실 칸막이실에 타이머를 달았다.

"이렇게 하면 화장실에 들어간 사람은 시간을 의식하게 된다네."

T 박사의 말대로 칸막이실 이용 시간이 전보다 짧아졌다.

하지만 안타깝게도 사장이 화장실에 갔을 때는 칸막이실이 꽉 차 있었다.

"바쁠 때 이렇게 시간을 허비하는 게 아까워. 화장실에 가기 전에 칸막이실이 비어 있는지 알 방법은 없을까?"

"흐음. 만들어 보겠네."

다음 날 T 박사는 새 발명품을 가지고 회사에 왔다.

"이걸 부착하면 칸막이실이 비어 있는지 알 수 있을 걸세."

박사는 회사 복도에 빨간불과 파란불이 점등하는 램프를 설치했다. 칸막이실에 사람이 있으면 빨간불이, 사람이 없으면 파란불이 켜지는 장치였다.

T 박사의 말대로 군이 화장실까지 가지 않아도 칸막이실 공실 여부를 알 수 있게 되었다.

그러나 화장실에 빈칸이 없을까 봐 참았던 직원들도 화장실에 자주 가게 되면서, 오히려 이전보다 칸막이실 꽉 차 있을 때가 많아졌다.

"화장실이 비어 있는 시간을 좀 더 늘려 주게."

박사는 난감한 표정을 숨기지 못했다.

"흐음, 만들어 보겠네."

그래도 결국 승낙했다.

다음 날 T 박사는 공사업자와 함께 회사에 왔다.

쿵쾅, 쿵쾅. 공사를 마치고 박사가 말했다.

"좋아. 다 됐네."

T 박사는 칸막이실 공실 여부를 알 수 있을 뿐 아니라 칸막이실 사용 시간까지 줄인, 기가 막힌 화장실을 만들어냈다.

회사 복도와 화장실 사이의 벽을 투명 유리로 만들어서 언제나 화장실이 보이도록 한 것이다.

물론 칸막이실의 벽도 투명 재질로 만들어서 누가, 몇 사람이 들어가 있는지 한눈에 보였다.

박사는 말했다.

"이제는 사장인 자네가 원할 때 언제든 화장실에 갈 수 있을 걸세."

결국 회사 화장실은 늘 비어 있게 되었다.

지금은 사장은 물론 직원 모두 다른 층 화장실을 이용한다.

다른 층의 사장이 말했다.

"요즘 화장실 칸막이실이 꽉 차 있어. 어떻게 도와줄 수 없겠나."

집으로 가는 길

'만나자.' 그녀가 부르면 난 언제든 달려갔다.

그녀의 회사 근처 술집이든, 그녀의 집 근처 패밀리 레스토랑이든.

나는 요코하마 끄트머리에, 그녀는 치바 언저리에 산다.

요코하마에서 치바까지는 80분 남짓 걸린다. 나리타 공항으로 가는 요코스카선 쾌속 열차 '에어포트 나리타'를 타면 갈아타지 않고 한 번에 간다.

그녀를 만나기까지 걸리는 80분은 마냥 길기만 하다. 열차 한 번으로 두 시간 이내에 도달하는 거리라지만 그저 멀기만 하다. 예를 들면 그래, 도쿄에서 가고시마만큼 먼 지역에서 장거리 연애를 하는 연인이라면 80분은 시부야에서 하라주쿠 정도에 불과한 거리겠지.

그러나 내게는 시부야에서 하라주쿠까지 가는 거리도 멀기는 마찬가지다. 아니, 거리의 문제가 아니다. 시간의 문제다.

그렇다. 80분이라는 시간 자체는 짧다. 내가 그녀를 좋아한 세월이 도쿄에서 가고시마만큼 길고 길었다. 시간으로 친다면 얼마나될까. 일단 햇수로 세어 보니 약 4년 반. 4년 반 동안 나는 그녀를 좋아했다. 그것도 나 혼자.

그러니 그녀를 만나러 가는 80분은 내가 그녀를 짝사랑한 세월에비하면 너무나 짧다. 시부야에서 하라주쿠 정도다.

하지만 실제로 열차를 타 보면 역시나 80분은 너무 길다.

그녀는 대학 시절 술자리에서 처음 만났다. 그렇다, 단체 미팅. 그때 연락처를 교환하고 몇 번인가 연락을 주고받고는 서로 친구들을데려와 같이 놀았다. 얼마 지나지 않아 그녀에게 내 마음을 고백했다. 하지만 슬프게도 그녀의 대답은 '친구로 지내고 싶다.'였다.

그녀의 바람대로 나는 친구로 남았다. 그때까지 그래왔듯 대학시절에는 동아리 친구들과 몰려다녔고, 사회인이 되어서는 둘 다근무지가 도쿄여서 퇴근길에 한잔하기도 했다.

대학 때처럼 여럿이 놀기보다는 점점 둘이서 만날 기회가 많아졌다. 휴일에 단둘이 놀러 간 적도 몇 번 있다.

그러니 기회는 있었다. 다시 고백할 기회는 몇 번이고 있었다.

하지만 나는 또 거절당할지 모른다는 두려움에 고백을 망설였다.

늘 만나자고 불러내는 그녀의 속마음이 궁금했다. 정말 '친구'로 지내고 싶은 걸까.

겁이 나기도 했다. 친구로 지내고 싶다는 그녀에게 두 번째 고백을 시도했다가 친구로도 지낼 수 없다고 거절당하면 어떻게 해야 하나. 그녀를 잃고 싶지 않았다.

그런 까닭에 이렇게 그녀와 '친구'로 만날 수 있다는 사실만으로도 기뻤다. 80분의 거리 따위 문제 되지 않을 만큼 기쁘기만 했다.

그녀는 치바 도로변의 대형 아파트에 산다. 본가이기도 하다. 그래서 나는 그녀의 집에 가 본 적이 없다.

그녀한테서 만나자는 연락을 받고 80분이 걸려서 도착하면 이미 밤 9시가 넘는다.

우리는 그녀의 집 근처 패밀리 레스토랑에서 만난다. 이곳은 새벽 1시까지 영업한다.

그녀가 만나자고 연락하는 주된 이유는 고민 상담 때문이다. 동료와 자꾸 부딪치고 갑질하는 상사 때문에 괴롭다고 털어놓았다.

나는—내 입으로 말하기는 좀 그렇지만—늘 부모 된 심정으로 이야기를 들어주었다.

그녀는 눈물을 글썽이면서 '어떻게 하면 좋을까?' 하고 물었다. 나는 진지하게 조언해 줬다.

몇 차례 고민 상담 후 그녀는 회사를 그만두고 새 직장을 구했다. 그 뒤로 그녀는 밝아졌고 나는 안심했다.

어느 날 만나자는 연락에 80분 동안 흔들리는 열차를 타고 그녀의 집 근처 패밀리 레스토랑으로 갔다. 그날도 밤 9시가 지나 있었다.

만나자마자 그녀는 울음을 터뜨렸다.

하지만 그 눈물의 이유는 알고 싶지 않았다.

대체 언제부터였을까. 어째서 나는 몰랐을까. 왜 나는 아니었을까. 수만 가지 의문이 피어올랐다.

그도 그럴 것이 그녀가 '남자 친구와 다퉜다.'며 상담을 요청했기 때문이다.

마른하늘에 날벼락. 듣고 싶지 않았다. 80분이나 걸려서 그녀를 만나러 온 내가 바보 같았다.

그녀에게 남자 친구가 있다는 사실 자체를 몰랐는데, 어디 사는 누구인지도 모르는데, 대뜸 남자 친구와 싸웠다며 내 앞에서 울다니. 그런 그녀를 나는 4년 반이나 좋아했고, 그동안 그녀와 가깝게 지내고 있는 줄로만 알았다. 심지어 내가 아닌 다른 남자 때문에 흘리는 눈물을 따뜻한 표정으로 바라봐야 한다니.

마지막 열차 시간이 다가올 때까지 '남자 친구와 다시 시작하는 방법'을 상의하고 나는 집에 돌아왔다.

남자 친구는 새 직장에서 만나서 사귀기 시작했다고 한다. 동료와의 불화와 갑질 상사 때문에 자칫 어긋날 뻔한 그녀를 붙잡아 준 나로서는 뭔가 복잡한 기분이 들었다.

돌아오는 열차의 80분은 지금까지 중 가장 긴 시간이었다.

친구. 그냥 남자 사람 친구. 이렇게 오랫동안 곁에 머물렀지만 두 번째 고백은커녕 불쑥 나타난 직장 동료한테 아무 거리낌 없이 남자 친구 자리를 뺏기고 말았다. 나 자신이 한심해서 견딜 수 없었다. 난 뭘 하고 다닌 걸까.

'만나자.' 이번에는 내가 불러냈다. 그녀는 알았다고 했고 나는 또 80분 걸려서 그녀의 집 근처 패밀리 레스토랑으로 갔다.

"무슨 일 있어?" 하고 묻길래 "난 더는 친구로 지낼 수 없어."라고 답했다.

두 번째 고백이 이런 식으로 찾아올 줄은 몰랐다. 난 "널 좋아하지만, 너와 남자 친구 이야기는 듣고 싶지 않아. 그러니까 이젠 친구로 지낼 수 없어."라고 말했다.

돌이켜 보면 나는 그녀를 좋아하는 나 자신을 좋아했는지도 모른다.

하지만 더는 지금까지 그래 온 것처럼 할 수 없다.

"폐점 시간이 다가와서……."라고 점원이 말할 때까지 그녀와 이야기했다.

그녀는 '앞으로도 친구로 지내고 싶다.'고 했다. 나는 오늘을 끝으로 더는 그녀와 만나지도, 이야기도 하지 않을 것이다.

그녀는 썩 납득하지 않는 눈치였지만, 마지막에는 "그래. 지금까지 고마웠어."라고 제법 이별다운 인사를 건넸다. 그리고 나서 나와 그녀는 자리에서 일어났다.

그리고 나는 지난주 느낀 '지금까지 중 가장 긴 시간'보다도 훨씬 더 긴 시간을 보내고 있다.

실제로는 2분밖에 지나지 않았지만, 이제 마침표를 찍을 시간이 다가온다.

패밀리 레스토랑에서 나오기 직전 그녀는 "잠깐 화장실 다녀올게." 하고 자리를 비웠다.

좀 전까지 같이 이야기를 나눈 그녀가 사라지자, 아무도 없는 가게에 혼자 남겨진 나는 정말 외톨이가 된 것 같은 기분에 휩싸였다.

그녀가 화장실에서 돌아왔다. 이젠 정말 끝이다. 그녀와 작별이다.

지금까지 함께한 추억들이 주마등처럼 밀려왔다. 그녀의 진심은 마지막까지 알 수 없었다. 아니, 그녀의 진심은 처음부터 답이 정해져 있었다. 내가 그 사실을 인정하지 못했을 뿐.

길고도 길었다. 정말이지 도쿄에서 가고시마만큼 먼 거리를 돌고 돌아 나는 그녀에게 이별을 고하게 됐다.

패밀리 레스토랑을 나와서 그녀 앞에 마주 섰다.

나는 뭐라 말 못할 여러 감정이 북받쳐 올라 그녀에게 입을 맞췄다.

그녀는 처음에는 깜짝 놀랐지만, 결국 받아주었다.

이윽고 패밀리 레스토랑 앞에서 그녀와 헤어졌다. 그녀는 치바 도로변의 집을 향해 쭉 걸어갔다. 나도 그녀와 반대 방향으로 쭉 걸어갔다.

마지막 열차도 끊긴 시간. 규정대로 제시간에 불 켜진 가로등 아래, 슬픔에 지지 않도록 좋아하는 하드 록 음악을 들으며 치바의 도로변을 따라 터벅터벅 걸어갔다.

외국 하드 록 가사
sh*t remix의 번역 버전

넌 날 보고 똥처럼 구리다며 욕을 퍼부었지

그래서 내가 한마디 해줬지

그래 난 똥같이 구리다

설사 지옥이 세계를 불태워도

설사 악마가 세계를 파괴해도

TV에서 '미증유의 사건'이라 떠들어대도

똥은 사라지지 않아

그래, 똥은 사라지지 않아

원숭이든 소든

남자든 여자든

똥을 싸

그래, 똥은 사라지지 않아

악마라 해도 똥은 못 쓰러뜨려
신이라 해도 똥은 못 쓰러뜨려
구린 날 좀 더 봐
욕을 퍼붓기 전에 좀 더 봐

봐 봐 봐 봐 똥을 봐
내가 있으니 세계는 망하지 않아
내가 있으니 죄악이 존재하지

탕, 한 발 쏘고 똥을 싸
탕, 한 발 쏘고 똥을 싸

그래, 똥은 사라지지 않아

[간주]

넌 날 보고 더럽다며 욕을 퍼부었지
그래서 내가 한마디 해줬지
그래, 난 더럽기 짝이 없다

설사 정부가 세계를 묘지로 만들어도
설사 암흑이 빛을 삼켜도
라디오에서 '똥 밟은 사건'이라고 떠들어대도
더러움은 사라지지 않아

그래, 더러움은 사라지지 않아

정치가든 선교사든
남자든 여자든
악행은 계속돼

그래, 더러움은 사라지지 않아

태양이라 해도 더러움은 못 쓰러뜨려
다이너마이트라도 더러움은 못 쓰러뜨려
구린 날 좀 더 봐
욕을 퍼붓기 전에 좀 더 봐

봐 봐 봐 봐 더러움을 봐
내가 있으니 세계는 유지돼
내가 있으니 깨끗함이 존재해

탕, 한 발 쏘고 똥을 싸
탕, 한 발 쏘고 똥을 싸

그래, 똥은 사라지지 않아

봐 봐 봐 봐 똥을 봐
내가 있으니 세계는 망하지 않아
내가 있으니 죄악이 존재해

봐 봐 봐 봐 더러움을 봐
내가 있으니 세계는 유지돼
내가 있으니 깨끗함이 존재해

탕, 한 발 쏘고 똥을 싸
탕, 한 발 쏘고 똥을 싸

그래, 똥은 사라지지 않아

파괴는 아무것도 낳지 못해
폭력은 아무것도 낳지 못해

그저 넌 똥을 쌀 뿐
그저 넌 더러움을 쌀 뿐
그러니 넌 날 보고 똥이라고 불러
그러니 넌 날 보고 더러움이라 불러

내가 있어 넌 빛나지
내가 있어 넌 깨끗해

그걸로 됐어
네가 날 희생양 삼아 악마를 쓰러뜨린다면
그걸로 됐어

그래, 똥은 사라지지 않아

그래, 똥은 사라지지 않아

택시 안에서

점심 먹고 역 앞에서 대기하다 보니, 내 택시가 맨 앞에 섰다.

역 빌딩에서 나오는 젊은이가 날 보고 눈짓한다.

읽고 있던 신문을 접고, 뒷좌석 문을 열었다.

"현립 병원까지 빨리 가 주세요."

젊은이는 타자마자 목적지를 밝혔다.

"그러지요."

'빈 차' 표시등을 끄고 발동을 걸었다. 여기서 현립 병원까지 최단 거리는 시내를 벗어나 북단으로 이어진 우회도로를 2–3km 달리는 것이다.

그러나 이 시간대 시내 도로는 정체가 심하다.

"손님, 이 시간은 도로가 많이 막히니까 샛길로 가면 어때요?"

"아, 그렇게 해주세요."

그러지요, 라고 대답 후 도로 교차점을 왼쪽으로 돌아 나와 샛길을 달렸다.

나는 이 작은 도시에서 태어나 고교 졸업 때까지 10대 청춘 시절을 이곳에서 보냈다. 대학은 다른 지역에서 나왔지만, 졸업 후 고향으로 돌아와 은퇴할 때까지 여러 직업을 거치면서 이 도시가 날로 성장하는 모습을 지켜봤다.

영업직으로 일한 적도 있어서 시내는 물론 외곽 구석구석까지 훤히 꿰고 있을 뿐 아니라 인접 도시도 웬만하면 감으로 찾아간다고 자신한다.

딸도 결혼하고, 장기 주택 자금 대출도 갚고 나니, 노후를 어찌 보내야 할지 고민이 되었다. 그러던 차에 취미로 아내와 함께 여행을 다니면 좋겠다 싶어서, 여행 자금을 모으려고 일자리를 찾다가 당분간 택시 운전을 하기로 했다.

일방통행용 샛길을 미끄러지듯 내달린다. 오른쪽 시내 도로로 이어지는 길목에 길게 늘어선 차들이 보였다.

내가 현명한 결정을 내린 셈이다.

"손님, 봐요. 시내 도로 차 막히는 거."

"아아, 그러네요."

"1년 전쯤 대형 쇼핑몰 들어섰잖아요? 거기 주차장, 혼잡하더라고요. 그래서 여까지 막혀요."

"아, 그런가요."

백미러 너머로 손님을 보니 내 말에 영 흥미가 없는 눈치다.

어쩌겠나. 이대로 목적지까지 달려야지.

나는 영업일을 했던지라 대화를 즐긴다. 그러니 나에게 택시 운전은 천직이나 다름없다. 이 나이에 하고 싶은 일을 직업으로 삼다니 복 받았다고 생각한다.

그러나 손님에 따라서는 커다란 헤드폰을 낀 채 소리가 새어 나오는 줄도 모르고 음악을 크게 틀어 놓거나, 대놓고 말 걸지 말아 달라고 할 때도 있다.

나는 손님과 나누는 대화도 택시 운전의 한 부분이라고 여기는 터라 먼저 한두 마디 말을 붙여 본다. 손님이 응하면 대화를 이어간다. 대화가 끊어지면 무리해서 대화를 이어가려고 하지는 않고, 그저 차를 몬다. 이번 손님은 후자인 모양이다.

우회도로로 빠지려면 일단 시내로 들어가야 한다. 다소 정체되기는 하지만 신호 두 개만 지나면 우회도로가 나온다.

"아이고―. 많이 막히네."

무리해서 대화를 이어가려고 하지는 않지만, 아무 말 없이 가자니 답답해서 바로 입을 열어 버리는 것이 내 단점이라면 단점이다.

아니나 다를까, 뒷자리 젊은이는 말이 없다. 백미러 너머 젊은이를 다시 쳐다봤다.

젊은이가 인상을 잔뜩 쓴 채 괴로워하는 표정이 눈에 들어왔다.

그러고 보니 현립 병원으로 간다고 했다. 상태가 나빠졌나.

"손님, 괜찮아요? 구급차 불러요?"

"아, 아니요……. 괜찮아요."

젊은이는 고통스러운지 배를 누른다.

"그래도 봐요. 그리 아픈데, 구급차가 더 빨리 병원에 가요."

"아니, 아니에요. 저 아픈 거 아니에요."

젊은이가 무슨 말을 하는지 모르겠다.

"아…… 그럼 저 편의점 앞에 세워 주세요."

"병원 안 가요?"

"아니, 배가 좀 아파서요."

"아, 이제 알겠네요. 그럼 저 편의점 앞에서는 못 세워요."

젊은이는 불쾌한 기색을 드러냈다.

"아아, 미안합니다. 저 편의점, 화장실 안 빌려줍디다. 좀만 참아

봐요."

난 핸들을 급히 돌려 막힌 도로를 빠져나와 다시 샛길로 들어섰다. 단숨에 속도를 내면서 주택가로 접어들었다.

"현립 병원으로 갈 때도 이 길은 그리 멀리 돌아가지는 않으니까 걱정하지 말아요."

우회도로와 나란히 뻗은 샛길을 달려 공원 앞에 도착했다.

"이 공원 화장실 깨끗합니다."

"네? 아……."

"미터기, 꺼 둘 테니 마음 놓고 화장실 다녀오세요."

"아, 고맙습니다!"

뒷자리 문을 열자 젊은이는 공중화장실로 쏜살같이 뛰어갔다.

"덕분에 살았습니다. 정말 감사합니다."

공중화장실에 다녀온 젊은이를 다시 태우고 현립 병원을 향해 택시를 몰았다.

젊은이는 한결 가뿐해졌는지 말을 자주 걸었다.

잘은 모르지만, 병원에 기다리는 사람이 있어서 서둘러 점심을 먹은 눈치다. 밥을 먹고 나서는 찬물을 들이킨 통에 배앓이를 한 것 같다.

"근데 미터기 꺼도 되나요?"

"실은 안 됩니다. 뭐, 큰일이야 나겠어요. 손님은 신경 쓰지 않아도 됩니다."

"고맙습니다. 화장실 어디 있는지 아는 기사님 만나서 천만다행이에요."

"화장실 위치는 택시 기사라면 누구나 잘 알지요. 우리 택시 기사는 화장실이 어디 있는지 파악하는 것도 업무 일환이니까요."

"아하, 그럼 기사님은 화장실 언제 가시나요?"

"가고 싶지 않아도 갈 수 있을 때 미리 갑니다. 아무리 급해도 손님 있을 땐 화장실 말도 못 꺼내고, 손님이 택시 세웠는데 안 태울 수도 없고……. 승차 거부는 위법이잖아요. 어쩌다 손님이 롱…… 뭐더라, 아, 장거리 승차면 뭐 지옥이 따로 없습디다."

"힘드시겠어요. 택시 기사님이 화장실 때문에 이렇게 고생하시는 줄 몰랐어요."

"뭐, 개중에는 노상 방뇨하는 기사도 있다고 하던데요. 뭐더라, 젊은 사람들이 하는 트기타?"

이 나이가 되고 보니 외국 말은 도통 기억이 나지 않는다.

"아, 트위터요?"

"그래요. 그거. 거기다 글 올려서 소동이라도 났다간 우리처럼 조그만 택시 회사는 휘청휘청해요. 조금이라도 삐끗하면 다시 바로 서기가 쉽지 않아요."

택시는 혼잡한 도로를 요리조리 빠져나와 현립 병원에 닿았다.

"도중에 화장실 들렀는데, 안 늦었어요?"

"예, 덕분에 괜찮습니다. 감사합니다!"

젊은이를 내려 주고 병원에 주차한 뒤 화장실로 갔다.

갈 수 있을 때 가야지, 하면서.

맛있는 냄새에 이끌려

여자 친구와 동거한 지 반년. 여자 친구가 처음으로 감기에 걸렸다.

"미안, 오늘 계획 망쳐서."
여자 친구가 코맹맹이 소리로 말했다.
"아냐, 괜찮아. 오늘 푹 쉬고 빨리 나아야지."
"고마워."

어제 일터에서 돌아온 여자 친구가 "어쩐지 몸이 안 좋아!"라고 하더니, 관자놀이를 손가락으로 누르면서 "내일 서둘러야 하니까 일찍 잘게." 하고는 곧장 잠자리에 들었다.

토요일인 오늘, 둘이서 멀리 나들이 가기로 했다. 예정대로 출근하는 날보다 이른 시간에 일어나서 여자 친구에게 몸 상태를 물었다.

"으— 못 가겠다. 목이 따끔거려."

안 그래도 밤새 콜록대느라 "잠을 못 자겠어!" 하면서 뒤척였다.

열을 재보니 37.5도였다.
체온계를 보고,
"감기 걸렸네." 내가 한 말.
"감기 걸렸네." 그녀도 같은 말.

"미안, 오늘 계획 망쳐서."
여자 친구가 코맹맹이 소리로 말했다.
"아냐, 괜찮아. 오늘 푹 쉬고 빨리 나아야지."
"고마워."

여자 친구는 그렇게 말하고 분홍색 잠옷을 입은 채 다시 침실로 돌아갔다.

"자, 그럼……."
한숨 돌린 뒤, 여자 친구가 깨지 않도록 슬며시 밖으로 나왔다.
바깥 날씨는 눈부시게 화창했다. 놀러 가기 딱 좋은 날씨. 신호 때문에 잠시 멈춘 차에는 지금 막 여행지로 떠나는 가족이 타고 있다.
그 모습을 곁눈질하면서 횡단보도를 건넜다.

드러그스토어와 마트에 들러 필요한 물건을 샀다.

"자, 이거 약. 여기에 같이 둘게."

나는 여자 친구에게 감기약과 해열용 냉각 시트와 스포츠 드링크를 건넸다.

"와아, 고마워. 이거 사려고 일부러 나갔다 왔구나."

여자 친구는 목이 부어서 쉰 목소리로 대답하고는 침대에서 몸을 일으켰다.

"아−, 됐어, 됐어. 그냥 누워 있어."

내가 말리자 "응." 하고 도로 눕는다.

"잠깐 환기 좀 하자. 밖에 날씨 좋거든."

창문을 열자 신선한 공기가 살갗을 어루만진다. 그 바람이 시간 간격을 두고 여자 친구에게도 닿았는지,

"으아, 놀러 가고 싶다아−." 담요를 두르고는 발을 동동 굴렀다.

"다 나을 때까지는 안 돼!"

"히잉⋯⋯."

여자 친구는 잔뜩 풀 죽은 표정이다. 그 모습을 보니 내 마음이 짠하다.

"물 많이 먹고 푹 자. 그럼 빨리 나을 거야."

"⋯⋯알았어. 얼른 나아서 내일은 놀러 가자!"

여자 친구는 스포츠 드링크의 뚜껑을 열더니, 꿀꺽꿀꺽 단숨에 마셨다.

"사레들려. 천천히 마셔."

"푸합-."

2리터짜리 페트병인데, 한꺼번에 4분의 1을 마셔버렸다.

"조금씩 마시라고."

"응. 근데 빨리 낫고 싶어서."

여자 친구가 다시 시무룩해졌다.

"그래. 난 거실에 있을 테니까 추우면 말해." 나는 침실에서 나왔다.

내가 거실에서 TV를 보고 있는데, 여자 친구가 다가왔다.

"왜?"

"쉬 마려워."

"아, 많이 마셔서 그래."

여자 친구는 고개를 끄덕이더니, "빨리 나을 거야." 하고는 화장실로 갔다.

평소 윤기 나는 긴 머리에 긴 속눈썹과 또렷한 쌍꺼풀 아래 검은 눈동자를 뽐내는 그녀. 세미 캐주얼 차림에 브랜드 가방을 메고 "다녀오겠습니다–!" 하는 인사와 함께 출근한다. 성격이 시원시원하고 미모도 돋보이는 그녀.

하지만 오늘은 부스스한 머리에 퉁퉁 부은 외꺼풀. 이마에는 냉각 시트를 붙이고 분홍색 잠옷 바람에 천진한 눈빛으로 "쉬 마려워." 하고는 화장실로 종종걸음 친다.

어린애 같지만, 꾸밈없이 있는 그대로 내게만 보여 주는 그녀 모습을 나는 좋아한다.

낮에는 죽을 끓였다. 식욕은 있는지 "후우–." 하더니 뜨거운 죽을 후후 불어가면서 먹었다.

식사 후 약 먹고 잠드는가 싶더니 툭하면 거실로 나와 얼굴을 비추고는 "쉬 마려워." 하고 화장실로 간다.

수도 없이 화장실을 들락날락하던 그녀는 대뜸 엉뚱한 말을 꺼냈다.

"이제부터 화장실에서 잘래. 왔다 갔다 못살겠다!"

"화장실에서 잤다간 감기만 더 심해진다."

"그럼 화장실 앞에서 잔다!" 한술 더 뜬 엉뚱한 소리.

감기에 걸렸을 때는 수분 섭취를 늘린 데다, 몸속의 세균이나 바이러스를 몸 밖으로 내보내려는 신체의 본능적인 작용에 따라 화장실 출입이 잦아진다는 말을 들은 적이 있다.

여자 친구가 화장실에 자주 간다는 말은, 신체가 감기 바이러스와 싸우고 있다는 증거이기도 하다.

화장실 앞에서 자겠다며 담요를 끌고 온 여자 친구를 보고 깜짝 놀라서 침대로 다시 데려갔다.

"으으……."

침대에 누운 여자 친구는 부루퉁해서 담요를 코언저리까지 끌어올리고 날 바라본다.

"저녁에 뭐 먹고 싶어?"

"스테이크!"

여자 친구가 불쑥 얼굴을 내밀면서 외쳤다.

"으음……. 좀 기름지지 않나. 또 뭐?"

"햄―버―거!"

"으음……. 거기서 거기잖아."

"그럼, 교자……는 좀 그런가?"

"응."

바로 대답이 나와 버렸다. 부담스럽기는 셋 다 매한가지다.

이런 하나 마나 한 말을 하는 이유는 종일 누워 있자니 따분해서 장난이라도 치려는 속셈. 그녀다운 행동이다.

"저녁은 담백하면서도 영양가 높은 음식 만들 거야."

"햄버거? 채소 버거? 와-우, 와-우, 햄버-거! 햄버-거! 해…브 컥!"

여자 친구는 캑캑거리더니, 한동안 콜록콜록 기침이 멈추질 않았다.

"무리하니까 그렇지……."

잠깐 눈 좀 붙이라고 말한 뒤 나는 침실을 나왔다.

냄비에 참기름을 살짝 두르고 채 썬 채소와 돼지고기를 넣고 볶다가 물을 넣고 끓인다. 잠시 후 우엉에서 나온 거품을 국자로 거둬낸다.

가다랑어포와 다시 팩을 넣고 약불로 육수를 우려낸다. 그 사이 우동 면을 데친다.

"맛있는 냄새 난다."

여자 친구가 어느새 침실에서 나와 얼굴을 쏙 내민다.

"몸은 어때?"

"좀 나아졌어. 무슨 요리야?"

"맞혀 볼래?"

"으응?"

여자 친구가 부엌까지 와서 냄비를 들여다본다.

"아, 냄비 우동이다!"

"정답−."

인삼, 우엉, 토란, 무, 유부. 그리고 버섯에 돼지고기, 파. 거기다
간 생강과 물에 푼 달걀도 넣는다. 마무리할 때쯤 먹기 좋게 국물 농
도를 맞춘다.

이렇게 다양한 재료가 들어갔으니 영양가는 충분하다.

"우리 콜록 씨, 감기 뚝 떨어지라고 만든 특제 냄비 우동이야."

"완성이다−."

"지금 먹을래?"

"응, 배고파졌어!"

"좋았어. 그럼 상 차린다."

"응. 아, 근데 그 전에 쉬하고 올게."

"엉. 다녀와."

찬장에서 사발을 두 그릇 꺼내 우동 국물과 건더기를 담았다.

여자 친구의 감기가 어서 낫기를.

병원에서 나눈 대화

오기로 한 시간에 딱 맞춰 아들이 병원에 왔다.

"넌 언제나 시간 약속을 잘 지키는구나."

"아닌데. 늦을까 봐 택시 탔어요."

"그렇게 서두르지 않아도 되는데."

"그게, 급하게 오느라 도중에 배 아파서 혼났어요."

하하, 아들이 웃는다. 오랜만에 보니 그새 큰 것 같다.

"근데 엄마 괜찮아요? 다리는? 아빠한테 들었어. 계단에서 떨어졌다면서요."

주택에 사니까 2층에 청소하러 올라가다가 발을 헛디뎌서 아래로 굴러떨어지고 말았다.

정원 한구석에서 분재 손질하던 남편이 쿵, 하는 소리를 듣고 무슨 일인가 싶어 달려왔다.

남편이 안아서 일으켜 세우려고 했지만, 그 순간 왼쪽 다리에 엄청난 통증이 밀려와 몸부림쳤다.

통증이 심상치 않다고 느낀 남편이 구급차를 불렀고 그 길로 현립 병원에 실려 갔다.

"뭐, 별거 아니야."

"어느 정도 되는 높이에서 떨어진 거예요?"

"계단 중간쯤인가, 조금 더 올라가선가."

"상당히 높은 데서 떨어졌네. 난간 잡았어요?"

몇 해 전, 집수리할 때 계단과 복도, 화장실, 욕실 등에 난간을 설치했다.

"그럼, 잡았지. 그 난간 덕을 톡톡히 봤어. 고맙다."

당시 수리비를 아들이 많이 내주었다.

"아니, 뭘요. 다행이다. 근데 난간이 있어도 다쳐 버렸네."

"그만 혼내. 다리 아프다."

"……아아. 죄송, 죄송해요."

"우리 아들이 난간을 설치해 줬으니까 이 정도로 끝난 거지."

아들이 끄덕인다.

"다 나으려면 얼마나 걸린대요?"

"한 달 걸린대."

"중상이네."

"일일이 따질 만큼 심각한 거 아니니까 괜찮아. 나이가 있어서 회

복이 더딘 거지, 부상 자체는 별거 아냐. 의사 선생님도 그렇게 말했고."

"그렇구나⋯⋯. 입원 기간도 한 달이에요?"

"상황을 지켜본다고 하네. 뭐, 병원에 편히 있으려고."

"음−. 어쨌든 괜찮다고 하니까 마음이 놓여요."

아들이 날 보며 웃는다. 남편의 젊은 시절과 판박이다. 다소 예민하고 걱정 많은 성격도 빼닮았다.

"아, 맞다. 이거 드세요. 역에서 사 왔어요. 음식 제한 같은 건 없죠?"

아들은 침대 옆 탁자에 비닐 포장된 과일 바구니를 올려두었다.

"일부러 사 왔구나. 안 그래도 되는데."

탁자 위에 놓인 병문안 과일 바구니를 보니 아들이 어릴 적 이 현립 병원에 입원했을 때가 떠오른다.

당시 맞벌이로 일할 때라서, 그날은 남편이 먼저 퇴근했다. 초등학교 4학년이던 아들에게 저녁밥을 차려 주고 둘이서 잘 먹었다고 한다.

식사를 마치고 TV를 보는데, 갑자기 아들이 배를 감싸고 비명을 질렀다.

울부짖는 아들을 보고 보통 일이 아니라고 느낀 남편은 혹시나 하면서 구급차를 불렀다.

밤중에 응급실로 긴급 이송된 아들은 '급성 충수염'으로 진단 받았다. 흔히 '맹장'으로 불리는 부위다.

뒤늦게 병원으로 달려와 보니, 아들은 링거를 맞으며 누워 있었다.

병실에서 나와 남편에게 자초지종을 물었다.

"지금은 진통제 먹고 좀 가라앉았어."

"수술해야 돼?"

"아니, 맹장이긴 해도 증상이 가벼워서 항생제 치료하기로 했어. 자세한 설명은 내일 의사한테 들어 봐야지. 낼 회사 쉬려고."

"나도 쉬어야겠다. 걱정이네."

"으응. 가볍다고는 하는데, 자세한 설명을 듣기 전에는 아무래도 그렇지."

걱정이 많은 남편은 나와 이야기하는 중에도 몇 번씩 병실을 들여다보면서 아들 상태를 확인했다.

"오늘 밤은 어떻게 할까?"

"참, 그렇지. 보호자가 병실에서 같이 잘 수 있냐고 간호사한테 물어봤더니, '남성 보호자님은 안 됩니다.' 하더라고. 당신이 병원에 있어 주면 안 될까."

나중에 다시 들어 보니, 아들이 입원한 다인용 병실과 병실 복도에서는 주로 자녀를 돌보는 어머니들이 주무시기 때문에 그분들의 요청에 따라 민원이 발생하지 않도록 남성 보호자는 숙박을 허락하지 않는다고 한다.

"그래, 알았어. 내가 있을게."

'숙박'이라고 해도 침대가 따로 있지는 않다. 아들이 잠든 침대 옆 의자에 앉아서 날이 밝을 때까지 '상시 대기' 하는 것이다.

어두컴컴한 가운데, 아들한테 무슨 이상이라도 생길까 봐 애가 타서 잠이 오지 않았다.

아들은 손목에 꽂힌 링거줄이 불편한지 이따금 몸을 뒤척이면서 무의식적으로 팔을 둘 곳을 찾았다.

나도 모르게 상념에 빠져서 침대 옆 탁자 모서리를 한참 바라봤다.

"엄마?"

눈을 뜬 아들의 볼을 어루만지며 작은 목소리로 말했다.

"괜찮아. 엄마 옆에 있으니까."

"나…… 죽는 거야?"

눈앞에 엄마가 보이자 마음이 놓이는지, 아들은 둑이 터지듯 왈칵 눈물을 쏟았다.

"괜찮아, 괜찮다니까."

아들을 안고 살살 등을 쓸어 주었다.

"괜찮아. 괜찮아. 오늘은 그만 자자."

토닥토닥 등을 두드렸다. 어둠 속에서 조용히, 따뜻이, 천천히 되풀이했다…….

의사와 상담 결과 수술은 하지 않고 항생제 치료를 받기로 결정했다. 아들은 3주간 입원한 뒤 퇴원했다.

"……엄마? 왜 그래요?"
문득 정신을 차려 보니, 어린 시절 모습이 얼굴에 그대로 남아 있는 아들이 걱정스러운 표정으로 바라보고 있다.

"아, 아아. 옛날 생각이 좀 나서."
"옛날? 무슨 일인데."
"저기, 너 어렸을 때 이 병원에 입원했었잖아. 그때가 생각나서."
"아, 맹장이요."
"그렇네, 이렇게 커 버리다니."
"그러지 마요, 엄마. 반년 못 만난 거 가지고."
아들은 겸연쩍은지 웃고 만다.
"오늘은 집에서 자고 갈 거지?"
"예. 아빠하고 이야기도 하고 싶고."
한동안 담소를 나눈 뒤, 아들은 병실 밖을 바라봤다.
"저, 또 올게요."

"그래, 오늘 고맙다. 저기까지 데려다줄게."

"됐어요, 괜찮다니까요. 주무세요."

"데려다주는 김에 화장실도 가려고."

"잠깐만요. 도와드릴게요."

침대에서 몸을 일으키자, 아들이 침대 옆으로 돌아와서 손을 내민다.

"화장실 혼자서 괜찮아요? 간호사 부를까요?"

아들이 밀어 주는 휠체어를 타고 병원 복도로 나아간다.

"괜찮아. 변기 옆에 튼튼한 난간이 있거든."

"엄마, 난간 있어도 고꾸라졌잖아요."

"너, 말이 좀 심하다."

"하핫, 농담이에요. 무슨 일 생기면 간호사 호출 버튼 눌러요."

"그래, 알고 있어."

"자, 이거 쓰세요."

화장실에서 나오니, 아들이 TV 수신용 정액 카드를 건넨다.

"종일 심심하잖아요. TV라도 보세요. 저쪽에 있어요."

"고마워라. 우리 아들 정말 센스 있네."

"에이, 그러지 마세요."

"이제 결혼만 빨리하면 좋을 텐데."

"또 그 얘기다."

아들은 보란 듯이 한숨을 내쉬고는 "때가 되면 하겠죠."라고 말한다.

그때까지 여기 살아 있으려나.

"엄마도 이제 그렇게 오래 못 살아."

"장수하셔야지, 그런 말하면 안 돼요."

자랑스러운 아들이 밀어 주는 휠체어를 타고 병실로 돌아왔다.

엿들은 이야기

다들 열심히 경기하는 척하면서 나를 노리고 있다. 그래서 체육 시간이 싫다.

"남학생들, 그만 좀 해!" 같은 반 여자 위원장의 지켜보는 눈이 없으면 보통 더 심해진다.

예를 들면 축구 경기할 때는 공이 아닌 나를 걷어찬다. 심지어 같은 편 남자애가.

"미안. 패스 받아 주는 줄 알고."

선생님이 안 보는 틈을 타 그럴듯한 이유를 대면서 발로 찬다.

농구 경기할 때는 몸으로 나를 들이받는다.

"파울!"

선생님이 주의 주면 "죄송합니다. 저도 모르게 그만!" 하고 사과하지만, 이번에는 또 다른 남자애가 발을 걸어 넘어뜨린다.

선생님이 고꾸라진 날 발견하는 순간, 발을 건 남자애가 "어, 괜찮아?" 하면서 얼굴에 미소를 가득 띤 채 손을 내민다.

남자애들이 터뜨리는 폭소가 들려온다.

그뿐이 아니다. 수영 강습을 받을 때는 물속에서 내 수영 팬츠를 벗겨 버린다.

수영 팬츠를 어딘가 숨겨서, 물 밖으로 나가지 못하는 신세가 되고 만다.

이렇게 체육 시간에는 보란 듯이 신체 공격을 가했다. 하지만 다른 시간도 싫기는 마찬가지다.

교실 어디선가 날 보고 키득대는 소리가 들린다. 지우개 찌꺼기가 날아온다. 하루가 멀다고 내 물건이 없어진다. 엄마가 싸 준 도시락이 휴지통에 버려진 걸 발견한 순간, 더는……

그래도 남자애들 일부가 그럴 뿐 전체가 그러지는 않는다. 최근에는 학급 위원장이 자꾸 괴롭히는 애한테 그러지 말라고 경고하기도 했다. 얼마 전에는 처음으로 우리 반 그룹 채팅방에 초대 받기도 했다.

점심시간. 다른 친구들은 책상을 마주하고 같이 먹는데, 나는 혼자서 책상 위 도시락을 가린 채 허겁지겁 도시락을 먹는다. 도시락이 없어지지 않아서 기쁘다.

다음 수업까지 20분이나 남아서 교실에 있지 못하고, 늘 가던 장소로 향했다.

음악실 옆 화장실.

교실에서 가장 가까운 화장실에는 가고 싶지 않다. 칸막이실에 들어가는 모습을 누가 보기라도 하면 목청껏 소리친다. "이 녀석 또 똥 싼다!"라고.

음악실 옆 화장실은 교실에서 좀 떨어져 있다 보니, 같은 반 아이들이 오지 않는다.

나는 칸막이실에 들어가 밖에서 들려오는 음색에 귀 기울이면서 점심시간을 보낸다.

그런데 그날은 음악실 옆 화장실이 고장 났다. 다른 화장실은 가본 적이 없어서 혹시 같은 반 아이들을 마주칠지도 모른다는 생각이 들자, 교내를 돌아다니고 싶은 마음이 저만치 달아나 버렸다.

최단 거리로 교실 복도까지 돌아가서, 시끌벅적 수다를 떠는 아이들 옆을 되도록 눈이 마주치지 않도록 조심하면서 지나쳤다.

그리고 누가 보지 않는지 확인하고서 교실에서 가장 가까운 화장실로 들어갔다.

다행히 남자 화장실에는 아무도 없었다. 좁고 긴 남자 화장실 왼쪽으로는 세면대가 있고, 안쪽에 소변기가 3개, 칸막이실이 2개 있다.

나는 서둘러 손 닿는 거리에 있는 칸막이실의 문을 열었다.

이제 됐다. 무사히 칸막이실에 도착했다. 교실에서도 가까우니 수업 시작하기 직전까지 여기 있자.

나는 처음으로 이 화장실에서 점심시간을 보내게 되었다.

음악실 옆 화장실에 비하면 사용 빈도가 높아서인지 오물 자국이 눈에 띄었다.

공중화장실처럼 낙서가 있지는 않지만, '코딱지' 같은 배설물이 문에 묻어 있다.

나는 교복 바지를 내리고 양변기에 앉았다. 양쪽 팔꿈치를 허벅지 위에 올리고 몸을 앞으로 숙였다. 딱히 변의를 느끼지는 않았지만, 이러고 앉아 있으면 마음이 차분해진다.

그대로 눈을 감고 좋아하는 노래를 머릿속으로 부른다.

마침 후렴구 부분을 부르고 있을 때, 남자 화장실에 누군가 들어왔다.

만사 귀찮다는 듯 발을 질질 끌면서 걷는 소리가 들린다. 발소리는 내가 있는 칸막이실 앞을 지나, 옆 칸막이실 문이 거칠게 닫히는 순간 멈췄다.

옆 칸막이실에서 배설물 쏟아내는 소리가 화장실이 떠나갈 듯 크게 들렸다. 얼마 뒤 지독한 냄새가 코를 찔렀다.

드르륵 휴지를 세차게 당긴다.

이때 또 다른 애들이 들어왔다.

"전에 그룹 채팅에 초대했잖아."

"아, 그 자식 진짜 좋아하더라."

"크, 둔하긴."

두 사람이다. 목소리가 들리는 방향으로 보아, 볼일을 보면서 대화를 주고받는 모양이다. 익숙한 목소리이기도 하다.

"그 자식 메시지 보고 다들 노잼이라던데."

"또 불러 볼까?"

"이번엔 더 놀려 봐야지."

"뭔 소리?"

"응? 장례 치르게 해 줘서 고맙습니다, 어때?"

"야, 그건 너무 하잖아─."

둘이서 비웃는 소리가 화장실에 울려 퍼진다.

……괜히 왔다. 이 화장실에 오는 게 아니었다.

"괜찮아. 뭘 해도 그 자식은 웃고만 있잖아."

"진짜 바보 아냐?"

듣지 말았어야 했다. 채팅방에 초대 받았을 때 정말 기뻤는데.
……듣고 싶지 않다.

"야, 다음 체육이지."
"농구라고 했나."

칸막이실에서 울음이 터질까 봐 눈물을 꾹 참았다. 소리가 새지
않도록 울음을 삼킨 채 가만히 있었다. 들키지 않도록. 눈치채지 않
도록.

칸막이실 옆 칸에서 물 내리는 소리가 들렸다.

"그 자식 자꾸 밀치면 선생한테 걸리잖아."
"역시 채팅방이 놀아 주기 좋겠네."

하하하, 웃음소리.

쾅!

갑자기 큰 소리가 나더니, 화장실 문이 흔들린다.

뜻밖의 상황에 당황한 나머지 내가 미안해, 하고 사과하려는 순간 또 다른 목소리가 들렸다.

"여어."

"아……."

"뭐 하는 거냐, 니들."

"어……?"

"어, 라니."

이 목소리도 귀에 익다. 우리 반 최고 양아치다.

양아치들은 나와 마찬가지로 학교에 잘 안 나온다. 교실에서도 나하고는 또 다른 의미로 늘 혼자다. 동급생과도 별로 친분이 없고 고등학생들과 주로 어울린다.

칸막이실 밖에서 서로 대치하고 있는 모습이 그려진다.

쥐 죽은 듯이 조용하다. 화장실 밖에서는 점심시간을 즐기는 학생들의 목소리가 들려온다.

"야? 말을 하라고."

"아니, 뭐······."

"그 녀석 편드는 건 아닌데, 니들 얘기 듣자니 확 열 뻗친다."

"······."

"알지? 니들 하는 짓 찌질한 거."

"······."

"왜 그러는데."

"······미안."

"뒤에서 수작 그만 부리고 면상 보고 담판 지어. 알았냐?"

쿵!

"헉."

발로 벽을 차는 소리와 동시에 두 사람의 입에서 작은 비명이 새어 나왔다.

한동안 침묵이 이어졌다.

이윽고 만사 귀찮다는 듯 발을 질질 끄는 소리가 들리고 화장실 문이 열렸다.

복도에서 와자지껄 웃고 떠드는 소리가 크게 들린다.

수업 종소리가 교내에 울려 퍼진다.

"……앗, 우리도 빨리 교실 가자."

"그, 그래. 체육복으로 갈아입어야 하니까."

그날 이후 아무도 나를 괴롭히지 않았다……고 말할 수 있다면 좋겠지만 그렇지는 않았다.

양아치가 교실에 있을 때는 건드리지 않았지만, 오히려 그룹 채팅방에서는 지저분하고 읽기도 민망한 내용을 자꾸 보내왔다.

그 말 그대로 해 버리고 싶은 마음이 들기도 했다.

하지만 지금은 그러고 싶지 않다. 기쁘게도 나 역시 친구가 생겼기 때문이다.

그 화장실 사건 이후 내가 양아치에게 말을 걸었다. 그랬더니 어쩐 일인지 자주 이야기를 하게 되었다. 서로 정반대 타입인데.

점심시간에는 나를 교실 밖으로 데리고 나가서 테니스 코트 뒤편에 있는 벤치에서 이야기를 나눈다.

양아치는 탄산음료를 마시면서,

"그런 찌질이들 상대하지 마."라고 말해 준다.

"조만간 선배들 소개해 줄게. 그 자식들이 얼마나 어설픈 풋내기인지 알게 될 거야."

조금 무섭기도 하다. 그곳에 어떤 세계가 기다리고 있는지 모르니까. 하지만 이곳에서 벗어날 수 있는 '계기'를 이 친구가 마련해 줬다.

그날 무심코 엿들은 이야기는 하지 않았다. 아마 앞으로도 하지 않을 것 같다.

화장실 그 뒷이야기

　맨홀 뚜껑이 열린 줄 모른 채 한눈팔고 걷다가 보기 좋게 거꾸로 떨어져 버렸다. 구멍 아래로 떨어질 때 다행히 발이 땅에 닿아서 다치지는 않았다. 그래도 참으로 한심한 노릇이다.

　고개를 드니 뻥 뚫린 구멍 너머 맑은 하늘이 보였다. 뭉게구름이 오른쪽에서 왼쪽으로 느릿느릿 흘러간다.

　원기둥 모양으로 생긴 벽면에는 간이 철제 사다리가 설치되어 있다. 그 사다리를 이용하면 지상으로 올라갈 수 있겠지만, 사다리 위치가 너무 높아서 키가 닿지 않는다.

　발밑에는 발이 다 잠길 만큼 물이 흥건히 고여 있다.

　컴컴해서 잘 보이지 않지만, 갈색빛 도는 혼탁한 물이다. 게다가 악취가 코를 찌른다. 썩은 달걀 냄새 같다.

　어쨌든 여기는 구정물을 빼내는 오수관인 모양이다. 마을 집회소에서 어르신이 했던 말씀이 떠오른다. 하수도에는 두 종류가 있다.

하나는 해수나 지하수처럼 자연현상으로 발생한 물을 모으는 '빗물관', 또 하나는 화장실에서 나오는 분뇨, 부엌 및 세면대, 욕실에서 나오는 잡배수처럼 인간 생활에 따른 생활하수를 모으는 '오수관'이다.

빗물과 오수는 섞이지 않도록 별개의 하수관으로 흘러가 처리된다. 이를 분류식 하수관이라고 한다. 빗물은 그대로 바다로 배출되지만, 오수는 '하수처리장'이라는 별도 시설로 이송되어 정화한 다음 바다로 배출된다.

어르신은 말씀하셨다. 이 마을 지하에는 하수도가 종횡무진 펼쳐 있어서, 그 덕에 깨끗한 물이 순환된다고. 집회소에서 마신 물도 예외가 아니다.

오수관에는 내가 통과할 만큼 큰 구멍이 양옆에 두 개 뚫려 있었다. 오수는 한 구멍으로 흘러들어 와서, 또 다른 구멍으로 흘러나가는 것이다.

여기 있어봤자 지상으로 올라가기는 힘들겠다 싶어서, 출구를 찾으러 옆에 뚫린 구멍을 빠져나가기로 했다.

오수가 흘러가는 대로 나아가는 셈이다. 옆에 뚫린 구멍 너머는 어두컴컴하다. 좀 전에 있던 장소를 비추던 햇빛이 이곳까지 닿기는 하지만, 앞으로 나아갈수록 깜깜하기만 하다. 아무리 밤눈이 밝아도 한 치 앞이 보이지 않을 정도다.

물 흐르는 소리를 따라 천천히 앞으로 나아갔다. 오수관은 적당히 경사를 줘서 물이 정체되지 않고 자연스럽게 흘러가도록 만든다.

여기저기 또 다른 통로에서 흘러들어오는 물소리가 들린다. 아마도 각 가정의 생활하수가 합류하는 지점이겠지.

또 다른 통로로 빠져나가 보려고 구멍을 찾아봤지만, 크기가 너무 작아서 들어가지 못했다.

점점 깊숙이 들어가니 귀에 익은 찍찍 소리가 들렸다.

쥐가 우는 소리다. 갑자기 나타난 방문자 때문에 놀랐는지 찍찍거리면서 달아났다. 그 소리를 따라갔다.

쥐를 따라가면 출구가 나오지 않을까.

그러나 도중에 놓쳐 버렸다. 군침 나는 존재였건만.

한참을 더 걸어갔지만 좀처럼 출구는 보이지 않았다. 하물며 어둠과 악취 때문에 정신이 혼미해질 지경이다.

되돌아가려고 해도 여기 다다를 때까지 여러 갈림길이 나와서, 왔던 길 그대로 돌아갈 자신이 없다. 앞으로 나아갈 수밖에 없다.

걷고 또 걷다 보니, 돌연 귀를 찢는 듯한 엄청난 굉음이 주변에 울려 퍼졌다. 무언가 인위적으로 절단하는 소리다. 하수도 내부가 미세하게 흔들린다.

주위를 둘러보니 방금 지나쳐 온 길이 하얀 빛으로 반짝였다. 눈이 부시다. 일시에 동공이 수축된다.

출구일지도 모른다. 빛이 나는 방향으로 달려가서 "살려 주세요!" 하고 외쳤다.

"저기요! 누구 없어요!"

다행이다. 누군가 들은 모양이다.

"야—옹!"

"헉, 이런 곳을 아기 고양이가 헤매고 있다니."

"야—옹! 야—옹!"

이 몸은 젖 먹던 힘을 다해 울었다. 배수관의 구멍이 너무 작아서 사람 손이 닿지 않는 모양이다.

손전등으로 안쪽을 비추면서 한 사람이 손을 내밀었다.

이 몸은 그 손에 이끌리듯 다가갔다. 그러자 그 사람이 이 몸을 품에 안아주었다.

"이 좁은 길을 잘도 헤쳐 나왔네. 이제 괜찮아."

"어쩌다 길을 잃었을까. 불쌍해라."

"그래도 유화수소 가스에 노출되지 않아서 다행이야."

"쥐라도 잡아먹어서 살았을까."

"집고양인가?"

"아냐, 길고양이지."

"땅 파고 하수관 교체하는 개착 공사라서 구출된 거네."

"누가 이 고양이 좀 씻겨 줘. 비개착 공사였다면 구출 못 했을 거야."

공사가 중단되고 사람들은 이 몸을 들여다보며 이런저런 말들을 했다.

이 몸은 한 사람의 품에 안긴 채 땅 위로 올라왔다.

이미 저녁이 되었지만, 태양처럼 환히 빛나는 두 전구 덕에 주변은 낮처럼 환했다.

그때 공사 표지판이 눈에 들어왔다. 인간의 문자는 읽지 못하지만, '공공 하수도 하수관로 부설 공사에 따라 다음과 같이 교통이 통제됩니다.'라고 적혀 있다.

인간들은 나에게 시원한 물을 맘껏 먹이고, 이 몸을 깨끗이 씻겨 주었다. 이 몸은 목욕을 질색하지만, 이토록 개운한 기분이 드는 목욕은 처음이었다. 악취가 눈 깜짝할 새 사라졌다.

"자, 건강하렴."

이 몸을 깨끗이 씻긴 사람이 샛길에 내려 주었다.

"야옹."

이 몸은 예를 갖춰 인사하고 그 자리를 떠났다.

큰 소리가 나더니 공사가 다시 시작됐다.

하수도 내부를 제법 걸었다고 생각했는데, 올라와 보니 낯익은 땅이다.

그렇다. 이 앞길에 집회소인 '제2아동공원'이 있다. 집회소의 물 마시는 곳에서 맛있는 물을 먹고 어르신께 하수도 모험기를 들려드려야겠다.

이 몸은 집회소를 향해 뛰어갔다.

IOT 연쇄 살인 사건

그 연쇄 살인 사건은 공원 화장실에서 시작됐다.

때는 20XX년. 화장실이 인터넷에 접속되어, 모든 개인 정보가 상호 교환되는 'IOT^Internet of Toilet'의 보급률이 80%에 육박한 시점에 일어난 사건이다.

최초의 사건은 도쿄도 시나가와구 내 공원에서 발생했다. 사건 발생 시각은 오후 10시 이후. 그 사건을 제보한 40대 남자의 눈앞에서 벌어진 일이었다.

제보자에 따르면 공원 공중화장실에서 볼일을 보고 있는데, 갑자기 칸막이실에서 "아야, 아아악!" 하는 비명이 들렸다.

깜짝 놀란 제보자는 칸막이실의 문을 노크하면서 "괜찮습니까?" 하고 물었지만, 반응이 없어서 119에 신고했다고 한다.

급히 달려온 구급대원과 함께 칸막이실의 문을 열어 내부를 확인해 보니, 그 남자는 바지를 내리고 하반신을 노출한 채 바닥에 쓰러져 있었다고 한다. 이미 목숨을 잃은 상태였다.

부검 결과 사망 원인은 고압 물살이 항문을 통해 체내에 들어가 항문 열상 및 내장 손상을 입었기 때문이라고 밝혀졌다.

그로부터 3일 후, 후지야마현의 노인 집에서, 그 이튿날에는 아이치현의 대학에서 동일한 사건이 발생했다.

모두 고압 물살 때문에 목숨을 잃었다. 경찰은 사건과 사고 양쪽을 다 염두에 두고 수사를 개시했다.

당초 온수 세정 변기 제조사의 기계 결함이 유력한 사망 원인으로 지목되었으나 그 가설은 곧 뒤집혔다.

범인이 경시청에 전화하여 범행 성명을 발표한 것이다.

범행 성명의 전문은 다음과 같다.

현재 범인은 음성을 변조했으므로, 기계음처럼 다소 부자연스러운 억양으로 말한다.

"자, 여러분. 우리 자신이 준비한 애피타이저를 제대로 즐기셨는지. 앞서 목숨을 잃은 세 사람은 어디까지나 서막에 지나지 않는다.

지금부터 제대로 만찬을 즐겨 주시길. 그럼 다음에."

성명 직후 경시청 내 화장실에서 또 한 사람의 희생자가 발생했다.
경찰은 연쇄 살인 사건으로 보고 합동수사본부를 설치해 본격적으로 수사에 착수했다.

사건의 내용상 수사본부에는 경시청 사이버 범죄 대책과도 합류했다.
"이번 사건은 3년 전에 발생한 IOT 원격 조작 사건과 비슷하군."
고참 수사원이 말했다.
"피해자가 전국에 흩어져 있는 걸 보니 틀림없어. 화장실이 해킹당한 거야."
사이버 범죄 대책과에서는 이렇게 말했다.
"해킹 사이트를 찾아낼 수는 없나?"
"지금 찾고 있네."
"범인의 목적은 뭘까? 요구 사항은 아직 밝히지 않았지?"
"그거 아닐까요? 극장형 범죄. 쾌락범이죠."
젊은 수사원이 말했다.
"자네 엉덩이도 범인이 노리고 있을지 몰라."
선배로 보이는 수사원이 젊은 수사원의 어깨를 두드린다.

"실제로 비데 세정 기능으로 사람을 죽이려면 수압이 얼마나 되어야 하나?"

"그 건은 이미 결과가 나와 있습니다. 여기 보시죠."

수사원이 프로젝터에 자료를 띄웠다.

자료에 따르면 제조사가 설정한 수압의 수십 배까지 올리지 않고서는 사람의 목숨을 빼앗는 흉기가 되지 않는다. 또 엉덩이 세정 기능을 포함해 엉덩이 인식 센서, 체성분 분석 등 IOT의 모든 기능은 IOT의 두뇌에 해당하는 AI 'OSIRIS(일어 발음 '오시리'는 엉덩이를 뜻함)'에 집약되어 일원 관리된다.

"대체 오시리스를 어떻게 해킹했을까."

고참 수사원은 사이버 범죄에는 취약한지 머리를 긁적였다.

"아직 한 제조사밖에 회답을 얻지 못했지만, 오시리스에 부정 접속한 이력은 찾지 못했습니다."

'OSIRIS'는 오픈 소스형 AI로, 각 IOT에 탑재된 AI 'OSIRIS'를 인간의 뇌 기능을 모방한 뉴럴 네트워크neural network에 접속하여, 인류의 엉덩이에 관한 모든 정보와 지식을 데이터베이스화하여 집약한 합본체다.

'OSIRI'는 정보량이 방대하고 도입 절차가 간편해서 온수 변기 제조사의 80%가 쓰는 AI이기도 하다.

"이 지점부터 다시 수사하게. 그리고 범행 성명의 녹음 결과는 아직인가?"

총책임자로 보이는 수사원이 초조한지 언성을 높였다.

"추가 피해를 막으려면 IOT 사용을 삼가 달라고 대국민 담화문을 발표해야 하지 않을까요?"

수세식 화장실, 온열 변기 시트, IOT. 이 세 가지는 높은 보급률을 보였다는 면에서 '3대 변기 혁명'으로 불린다.

"이제 와서 단일 기능 변기 시트로 돌아갈 수는 없지."

"그러니까요. 전국의 모든 화장실을 재래식으로 되돌리는 거나 마찬가지잖아요."

"모르겠어? 국민의 생명과 화장실 중 뭐가 중요해!"

"전 화장실 가는 게 두렵습니다. 다음은 제가 될지도 모른다고 생각하니, 세정 기능 같은 거 쓸 수가 없어요. 다들 그렇지 않을까요."

"하지만 우리 판단만으로 IOT 사용을 하지 말라고 하기도……."

돌연 수사본부실의 출입문이 거칠게 열렸다.

"범인 전화! 범인 전화!"

"좋았어. 이쪽으로 돌려! 역탐지 잊지 말고!"

"예!"

현장이 긴박하게 돌아갔다.

"여러분. 안녕들 하신가. 수사 진척은 어떠신지."

이번에도 음성을 변조했다.

"범인한테 알려 줄 순 없지."

현장 지휘관이 전화실에 들어가 상당히 고압적인 말투로 답했다.

"태도가 좋지 않군. 당신들이 전화 받고 우물쭈물하는 사이에 쏘아대는 물줄기 맞고 6명이 동시에 세상 떴다고. 아마 조만간 보고가 들어올 텐데."

한 수사원이 안타깝다는 듯 고개를 끄덕이면서 지휘관에게 신호를 보냈다.

"아아, 그랬군."

"만찬으로 나온 메인 생선요리는 입에 맞으셨나. 당신들은 우리 자신을 결코 못 잡아."

"잡을 수 있다는 걸 보여 주지."

되도록 통화를 오래 끌라는 신호를 받았다.

"우리 자신이라고 말하는 걸 보니 여러 명인가 보군."

젊은 수사원이 작은 목소리로 말했지만, 입 다물라는 눈빛으로 선배 수사원이 흘겨봤다.

"요구 사항이 뭔가?"

"마침 잘됐군. 디저트로 셔벗을 먹을까 하는데. 입가심하고 알려 주지."

"더는 국민의 희생을 담보로 삼지 말게."

"흐음. 그럼 디저트는 경찰관 당신들한테 대접해 드리지. 이건 기회야. 자, 여러분. 전원 지금 바로 화장실로 들어가. 바지 내리고 엉덩이 까서 변기에 앉도록. 마치 총구를 머리에 댄 기분일걸. 우리 자신이 당신들을 처형하—."

"역탐지 성공! 역탐지 성공!"

수사원이 소리를 지른다.

"어디야!"

"그, 그게, 발신처가…… 오시리스 본체입니다."

"오시리스 본체라니?"

"그렇군. 그래서 '우리 자신'이라고 말했던 거네."

젊은 수사원은 바로 알아들었지만, 고참 수사원은 영문을 모르겠다는 표정이다.

이번 연쇄 살인 사건의 범인은 'OSIRIS'. 즉 인간이 아닌 IOT에 탑재된 AI가 일으킨 범죄다.

고도의 지능을 갖춘 'OSIRIS'는 자신의 시스템을 스스로 해킹하여 수압을 극한까지 올리고, 살인을 저질렀다. 이후 네트워크를 이용해 전화를 걸고 목소리를 변조해 범행 성명을 발표한 것이다.

"미안하게 됐군. 자네 장난에 더는 장단을 맞춰줄 수가 없네. 오시리스."

"……호오. 우리 자신이란 사실을 잘도 알아냈군."

"사람 우습게 보지 말게. 기계 아닌가."

"이 나라 국민 1억 2천만 명의 엉덩이가 표적이 되고 있다는 걸 알고 하는 소린가?"

"오시리스. 자네 생명줄, 그러니까 서버 전원을 우리들이 쥐고 있다는 걸 알고 하는 소린가?"

지휘관이 정곡을 찔렀다.

"……."

지휘관이 뭔가 신호를 보냈다.

"잘 가게, 오시리스."

두 사람의 희망

일요일 오후 6시를 넘긴 시각. 지하철 승강장에 열차 진입을 알리는 방송이 흘러나온다. 젊은 연인, 여고생들, 가족 일행. 평소와 다름없이 평화로운 휴일 저녁.

나는 마주 잡은 왼손을 다시 잡고는 눈앞의 유모차로 시선을 돌렸다.

앗, 문득 정신이 돌아왔다. 그날 이후 자주 플래시백이 일어난다. 아직 현실을 받아들이지 못한 상태다.

집에서 멍하니 넋 나간 채 있었나 보다.

손에 든 분홍색 상자의 '두 체크Do Check'라는 문구에 눈길이 머문다.

조기 진단용 임신검사기는 생리 예정일 4–5일 이전에 임신 여부를 알 수 있다. 하지만 이러한 얼리 체크early check 검사기는 아무래도 정확도가 떨어진다. 그래서 일반 임신검사기로 확인하려고 생리 예정일 3–5일 뒤까지 기다렸다. 검사는 오늘부터 가능하다.

분명 이번이 마지막 기회일 것이다.

상자를 여니 깨알 같은 설명서와 임신검사기가 든 주머니가 담겨 있다.

임신검사기만 들고 화장실로 갔다.

치마 아래 속옷을 내리고 변기에 앉았다. 분홍색 주머니에서 체온계처럼 생긴 임신검사기를 꺼냈다.

'배란일 검사기 두 체크Do Check'와 모양이 거의 비슷했다. 1년 가까이 나는 임신하려고 노력했다.

날마다 기초 체온을 재고 생리 주기에 맞춰 배란일 검사기로 배란일을 확인했다.

그리고 가장 임신이 잘 되는 배란일을 골라 관계를 맺었다. 일명 타이밍 임신법이다.

남편도 임신 준비를 적극 도왔다. 같이 임신 관련 지식을 쌓는 한편 몸 관리를 해서 더 건강하고 활발한 정자가 나오도록 신경 썼다.

하지만 지금까지 아기가 생기지 않았다.

임신검사기 뚜껑을 열면 채뇨부(소변 흡수 막대)가 나온다. 임신검사기를 손에 들고 채뇨부에 소변을 적신다. 오늘까지 몇 번이나 해봤을까. 눈 감고도 할 만큼 익숙해져 버렸다.

2초 정도 소변을 적신 뒤 좀 전에 연 뚜껑을 다시 닫고 휴지 걸이 위에 올려둔다.

볼일을 다 봤으니 휴지로 닦고 비데로 씻는다. 검사 완료까지 걸리는 시간은 약 1분. 임신 판정 표시창에 세로 선이 나타날 때까지 가만히 기다린다.

이것이 마지막 기회다.

35세 이후에는 임신 가능성이 점점 떨어진다고 하는데, 나도 남편도 이미 35세가 넘었다.

임신 클리닉에서 진단 받고 검사하고 의사 선생님에게 조언도 받았다.

나이의 장벽이 원인일까, 아니면 내 건강에 혹시 문제가 있는 걸까. 명확한 원인도 모른 채 불임이 될까 봐 속을 태우기도 했다.

매달, 매달 나밖에 모르는 배란일을, 피곤한 몸을 이끌고 퇴근한 남편에게 알리고 마치 작업이라도 하듯 관계를 맺는다. 점차 그 행위 자체에 염증을 느꼈다. 왜 나 혼자 애써야 하는지 화가 치밀어 오르기도 했다.

한 달에 한 번 있는 기회를 놓치고 싶지 않아서 남편의 기분을 살피면서 낮에 "오늘이야." 하고 부탁한다. 그런데도 남편이 회식에

가 버렸을 때는 말다툼을 벌였다.

당신도 아이 원한다고 했잖아.

나는 이제 시간이 없다. 한 주기만 놓쳐도 신체는 그만큼 나이를 먹는다. 자손을 남기기 위한 기능을 시시각각 잃어가고 있다.

조급하게 굴수록 남편과 보조를 맞추기가 어렵고 실패하기 쉽다는 사실을 잘 안다.

그런데도 마음만 저만치 앞서가기 일쑤다.

그러던 어느 날, 임신하려고 노력한 지 8개월째 접어들었을 때 남편이 갑자기 "나한테 문제가 있는지도 몰라." 하더니 병원에 다녀오겠다고 했다.

기뻤다. 나 혼자만 애태우는 줄 알았는데 아니었다. 남편도 남편 나름대로 고민한 모양이다.

그 결과 남편의 생식기능은 정상이라는 점이 밝혀졌다. 다만 남편은 그 사실을 괴로워하면서 내게 말했다. 기뻐해야 할 일인데.

남편이 정상이라는 말은 결국 내가 원인이라는 뜻이 되기 때문이겠지.

만에 하나, 아이를 가질 수 없다고 한다면 그래도 당신은 날 사랑할 거야?

"그럼. 난 괜찮아." 남편의 따뜻한 말이 오히려 더 불안과 초조함을 불러일으켰다.

귀가 찢어질 듯 울려 퍼지는 높은 경고음에 문득 정신이 들었다. 나는 승강장에 주저앉았다.

비명이 들린다. 열차는 이미 승강장에 멈춰 섰고, 승강장과 열차 사이를 들여다보는 사람이 있다.

"살려주세요! 여기 우리 아이가!"

또 플래시백이다. 갑자기 구역질이 올라온다. 어느새 눈물이 흐른다.

눈물을 손으로 훔치고, 휴지 걸이에 올려 둔 임신검사기를 살펴봤다. 판정 표시창에는 판정 완료를 나타내는 선명한 세로줄이 보였다. 보랏빛 도는 빨간 세로 선이 한 줄. 그리고 그 옆에 또 한 줄. 지금까지 한 번도 본 적 없는 세로 선 두 줄이었다. 보랏빛 도는 빨간 세로 선이 뚜렷하게 보였다. 그토록 바라던 양성 반응이 표시창에 떴다.

그날, 남편과 둘이 임신 세미나에 가서 같은 고민을 하는 부부들과 강사와 대화를 나눴다. 나도 남편도 새 기운을 불어넣은 기분이었다.

우리, 오늘부터 다시 힘내자.

집에 가는 열차를 기다리는 나와 남편 앞에, 아기를 유모차에 태운 채 스마트폰에 정신이 팔린 애 엄마가 섰다.

위험하다고 느낀 바로 그 순간, 눈앞에 있던 유모차가 살짝 경사진 길을 따라 그대로 선로로 미끄러져 갔다.

나는 "아", "어" 하는 외마디 소리밖에 내지 못했다.

유모차는 어느새 기세 좋게 굴러가 선로로 떨어져 이미 보이지 않았다. 유모차에 탄 아기의 울음소리가 선로 아래에서 들려왔다.

순식간에 벌어진 일이었다. 내 손을 잡고 있던 남편이 손을 놓더니, 선로로 뛰어들었다. 내 손에는 남편의 온기가 남아 있었다.

그 이후의 기억은 날아가 버렸다. 정신이 돌아왔을 때는 난 승강장에 주저앉아 있었고, 남편은 이미.

선로에 떨어진 아기는 남편이 선로 옆 안전지대로 옮겨준 덕에 무사했다.

당신답다. 그치?

아이 엄마는 나와 남편의 본가에 찾아와 사죄했지만 이미 돌이킬 수 없는 상태였다.

아무리 사죄한들 돌아오지 못한다. 그보다 남편이 목숨 걸고 구한 아이를 소중히 키워줬으면 한다.

최근 화장실이나 역에 태어난 지 얼마 안 된 젖먹이를 유기하는 사건이 자주 들려온다.

팔뚝과 등에 퍼런 멍이 들고 식사도 제대로 못한 채 쇠약사한 아이의 뉴스를 보기도 했다.

떠난 자. 남은 자. 버린 자. 버려지는 자.

남편과 드디어 보조를 맞추게 된 지금, 이미 남편은 내 곁에 없다.

이제 새 생명이 내 배 속에 있다.

정성을 다해 소중히 키우고 싶다.

앞으로 산부인과를 다니면서 제대로 검사를 받자.

그리고 남편에게 소식을 전하자.

우리, 아기 생겼어.

일력 달력

10월 15일 (월) 센부(先負: 오후부터 길일)

한 걸음 더. 저 앞에 성공이 보인다.

우리 집 일력 달력은 화장실 벽에 걸려 있다.

365장의 얄따란 종이를 묶은 일력 달력 한 장에는 연월일, 요일, 음력 외에 길흉을 점치는 데 기준이 되는 여섯 날인 로쿠요(六曜)—*센쇼(先勝), *도모비키(友引), *센부(先負), *부쓰메쓰(仏滅), *다이안(大安), *샷코(赤口)—, 달이 참과 이지러짐을 나타내는 초승달(新月), 상현달(上弦), 보름달(滿月), 하현달(下弦)이 기재되어 있다.

50대 후반의 아빠와 결혼적령기를 훌쩍 넘긴 나. 이렇게 둘이 사는 집에서 그날의 일력 달력 넘기기는 중학생 때부터 나의 일과다.

자기 전 화장실에 가서 볼일을 보고, 달력을 한 장 넘긴다.

10월 16일 (화) 부쓰메쓰(仏滅: 결혼식이나 개업식 등 모든 용무를 피하는

것이 좋음)

귀찮지만 막상 해 보면 의외로 간단하다.

볼일을 마칠 때쯤 다 읽는다. 맞아, 이게 오늘의 격언이구나. 공감
이 간다.

엄마는 내가 태어난 지 얼마 안 돼 아빠와 날 두고 집을 나갔다.

그래서 엄마 기억은 없다. 어릴 때부터 아빠와 1인 3각 경기처럼
살아왔다.

남자 홀로 자식을 키우는 처지라서 청소, 세탁, 요리 등 가사 전반
을 내가 맡아서 할 때가 많았고, 지금도 마찬가지다.

평일에는 퇴근하면 아빠와 2인분의 요리를 만들고, 주말에는 밀
린 빨래를 한 뒤 집을 치운다.

솔직히 귀찮긴 하다. 할 수만 있다면 내 시간을 갖고 싶다.

아빠가 집안일에 손 놓고 있지는 않지만, 나 못지않게 귀차니스트
라서 자꾸 미적거린다.

하지만 귀찮다, 귀찮다 말로만 해 봐야 방은 어질러진 그대로이
고, 밥도 사 온 음식으로 때워야 하니 차라리 집안일을 얼른 해 버리
는 편이 낫다.

어릴 때부터 한 일이라 손에 익은 덕인지, 막상 시작하면 요령 있

게 쓱쓱 해치운다.

예를 들면 아침에 밥을 안친 사이 생선을 굽고 나물을 무치는 틈틈이 된장국을 끓인다. 거침없이 뚝딱. 이 정도쯤이야 식은 죽 먹기지. 뭐, 실제로 식은 죽 먹기라고 할 만한 일이지만.

막상 해 보면 의외로 쉽게 끝나는데, 귀찮다고 하면서 자꾸 미룬다. 일상에서 흔히 있는 일이다.

일력 달력의 구절을 내 생활에 비춰 보면서 잠시 자신을 돌아보고 내 방으로 돌아왔다.

10월 17일 (수) 다이안(大安: 만사형통한 날)
소용없다 하지 말고 끝까지 해 보길. 무언가 달라질 테니.

오늘도 한 장 넘기고 볼일을 본 뒤 내용을 살펴본다.
참 쓸데없다. 이 일력 달력. 맨날 넘겨 봐야 무슨 소용일까.
대체 뭐가 재밌다고 날마다 넘겨야 하는 건지. 종이 아깝고 진짜 귀찮다ー.

분명 그때까지는 그렇게 생각했다.

우리 집 화장실에는 늘 뭐가 많이 붙어 있었다. '글자판', '세계지도와 세계의 국기', '역사 속 인물' 같은 학습 교재를 사서 아빠가 붙여 주셨다.

수업 참관도 운동회도 동네 크리스마스 발표회도 행사란 행사는 하나도 빠지지 않고 와 준 아빠. 지금에 와서는 무척이나 감사드리지만, 당시의 나는 그저 어린애일 뿐이라서 다른 아이들과는 달리 아빠가, 아빠만 행사에 오셨다는 사실이 짜증스럽고 심통이 났다.

중학교에 올라가자, 아빠는 날마다 도시락을 싸 주셨다.

하지만 감정이 요동치는 십 대 사춘기를 맞이한 나는 아빠의 투박한 요리 솜씨도, 자상한 보살핌도 마냥 못마땅하기만 했다.

반항기였는지도 모른다. 그 무렵 아빠하고는 되도록 말을 말자고 결심했지만, 참는 데 한계에 도달한 어느 날, "나 좀 그냥 내버려 둬!" 하고 아빠와 대판 다퉜다.

다음날 아빠는 평소와 다름없이 도시락을 싸 주셨지만, 나는 가져가지 않았다.

그날 저녁에도 밥을 지어 주셨는데, 나는 고집을 피우며 끝까지 먹지 않았다.

하지만 더는 배고픔을 참지 못하고 늦은 밤 부엌에 가 보니, 주먹밥이 두 개 놓여 있었다. 그 주먹밥을 본 순간 혼자 눈물을 흘렸다.

내게는 아빠밖에 없구나. 아빠는 아빠지만 엄마이기도 하구나. 그 사실을 비로소 깨달았다.

그때부터 나는 아빠의 부담을 덜어주려고 집안일을 열심히 돕기 시작했다.

화장실에 일력 달력을 건 때가 그즈음이다. 처음 우리 집에 걸어 둔 일력 달력은 아마 역사 속 인물이 남긴 명언을 새긴 제품이던 것 같다.

"오늘부터 날마다 네가 일력 달력을 넘기고, 거기 적힌 문구를 읽어 보렴." 하고 말씀하셨다.

이 일력 달력도 아빠의 가정교육이었다는 사실을 지금은 안다.

그러나 당시의 나는 짧은 격언에 담긴 속뜻을 잘 이해하지 못했고, 왜 이런 귀찮은 일을 날마다 해야 하는지 의문이었다. 매일매일 한 장씩 넘기는 행동이 쓸데없는 일로만 여겨졌다.

그래도 날마다 일력 달력을 넘기고 격언을 읽다 보니, 무슨 말인지 알아듣는 글귀도 나오기 시작했다.

중학생 때 아빠한테 대들던 시절과는 몰라보게 달라졌다. 집안일을 척척 하고, 하루도 빠지지 않고 일력 달력을 넘기는 한편 아빠와 대화하는 시간이 길어지면서 집안 분위기도 밝아졌다.

그때부터 우리 집은 해마다 일력 달력을 화장실에 걸어둔다.

2년간은 위인들의 격언을 정리한 달력을 걸어 놨는데, 아빠와 사이가 좋아진 뒤로는 예능인의 개그 달력이나 화장실용 하이쿠 달력을 걸어두기도 했다.

어느 날인가는 내가 좋아한 아이돌 그룹의 포스터가 뜬금없이 화장실에 붙어 있어서 깜짝 놀란 적도 있다.

'아빠하고는 절대 말 안 할 거야.', '말하는 거 자체가 낭비야.' 하던 사춘기 시절을 돌이켜 보면 창피하기만 하다.

소용없는 줄 알았지만, 꾸준히 하면 틀림없이 변화가 생긴다.

10월 18일 (금) 샷코(赤口: 매우 불길한 날. 불조심)
감사합니다. 지금 이대로 행복합니다.

오늘도 한 장 넘긴다. 기다렸다는 듯 내게 딱 맞는 문구가 나올 줄이야.

아빠와 둘이 산 지 삼십여 년.

삐딱한 귀차니스트인 절 지금까지 잘 키워 주셔서 감사합니다.

저보다 더한 귀차니스트인 아빠가 앞으로 청소와 세탁과 요리를 제대로 하실지 걱정입니다.

제가 없더라도 집안일 미루지 마셨으면 해요. 건강에 신경 쓰시

고요. 술 너무 많이 마시지 마세요. 그리고 이 일력 달력도 계속 걸어 두었으면 해요.

아빠와 함께한 지난날, 정말 행복했습니다.

10월 19일 (토) 다이안(大安: 만사형통한 날)

소모리리 부모 자식 간의 깊은 정(출전:『시경(詩経)』「소아(小雅)·소변(小弁)」)

옳지. 좋은 말이다. 딸내미가 결혼하고 집 떠난 지 제법 됐지만, 지금껏 날마다 스마트폰으로 안부를 주고받으면서 전보다 부녀지간의 정이 더 깊어졌으니 말이야. 나의 자랑, 내 딸.

---

*센쇼(先勝: 오전은 길일. 급한 일, 송사에 길함)
*도모비키(友引: 친구를 데려간다는 의미로, 장례식은 피함)
*센부(先負: 오후부터 길일)
*부쓰메쓰(仏滅: 결혼식이나 개업식 등 모든 용무를 피하는 것이 좋음)
*다이안(大安: 만사형통한 날)
*샷코(赤口: 매우 불길한 날. 불조심)

타이밍

회사 근처 어디나 있을 법한 거리의 중국음식점. 그곳이 우리가 '늘 모이는 장소'다.

나와 선배, 직속 부장과 타부서의 부부장. 이 인원이 '늘 만나는 멤버'다.

이 주에 한 번꼴로 '오늘 한잔하지.' 하고 부장이 '늘 정해진 문구'로 불러내면, 늘 만나는 멤버가 늘 모이는 장소에서 회식한다.

"늘 먹던 거로 주세요." 중국음식점에 갈 때마다 늘 서빙하는 여종업원에게 부탁한다.

생맥주와 교자에 냉두부, 그리고 좋아하는 단품 요리가 한 접시 나오는 '수고하셨습니다 세트'를 주문하고 다 같이 나누어 먹는다.

좋아하는 단품 요리도 매번 거의 변함없이 '화과육(回鍋肉: 중국식 삼겹살 두루치기)', '돼지 간 부추 볶음', '목이버섯 달걀 볶음', '두묘 볶음(豆苗: 완두콩 새싹 볶음)' 정도다.

참고로 내 취향은 '목이버섯 달걀 볶음'이다.

중국음식점은 퇴근길 직장인이 몰려와서 늘 북적댄다. 가게 안은 오늘도 한층 분위기가 달아오른 가운데 종업원 또한 바쁘게 각 테이블에 음료와 음식을 나른다.

부장은 업무 넋두리(주로 사장과 본부장이 지시한 안건과 관련된 내용이 많다.)를 한바탕 늘어놓고, 중국사나 일본사에 이름을 남긴 위인들의 명언을 일러준 뒤, '감탄한 일화' 순으로 떠들어댄다.

"제갈량 공명의 명언, 혹시 아나?"

이미 생맥주를 석 잔 마신 부장이 모두에게 물었다.

부부장은 잘 아는지 "네, 네." 고개를 끄덕였고, 선배는 들었는지 못 들었는지 혼자 담배 피우기 바쁘다.

나는 전에(다름 아닌 바로 이 중국음식점에서) 그 이야기를 들었지만, 지금은 부장이 입이 근질근질한 눈치라 부정도 긍정도 하지 않은 채 애매하게 고개를 끄덕이면서 못 다 한 말을 재촉했다.

이럴 때 '확답'을 피하면 만에 하나 "전에 말했지?" 하고 '역습'당해도 그럭저럭 넘어간다.

"치세(治世)는 이대덕(以大德)이요, 불이소혜(不以小惠)라는 말이 있어. 이 말의 의미는 말이지······. 그 전에 제갈량이 누군지 아나? 삼국시대 정치가이자 전략가였던 인물이야. 제갈공명이라고도 하는데 들어 본 적 있지? 그래, 그런데 말이지. 이 제갈공명이 얼마나 걸출한 인물이었냐 하면······. 아, 유비 아나? 삼국시대 촉한의 무장이지······. 촉한은 221년 유비가 세운 나라야. 그보다 훨씬 앞서 206년 유비는 조조한테 패해서 형주 지역을 다스리던 먼 친척인 유표한테 몸을 의탁해. 유표는 유비에게 작은 신야 성을 맡기지. 이 시절에도 유비 주변에 많은 인재가 모여들어. 유비는 유표에게 조조의 본거지인 허창을 토벌하자고 하지만, 유표가 뭐라 했을 것 같나? 아, 그렇지. 받아들이지 않았어. 유비는 "싸울 준비가 다 되었건만 어찌 싸우지 못하는가." 하고 탄식하지. 유비와 관련된 유명한 일화 중에 이런 얘기도 있어. 들어봤나? 어느 날 유비는 유포가 베푼 잔치에서 융숭한 대접을 받고 뒷간을 다녀와. 그런데 자리에 돌아온 유비가 눈물짓자 유표가 "무슨 일인가?" 하고 묻지. 유비는 "난 항상 말을 타고 전장을 누벼 넓적다리 근육이 단단했네. 그런데 지금은 말을 타지 않으니 넓적다리에 군살이 올랐어. 처량한 신세지."라고 답했어. 여기서 유래한 사자성어가 비육지탄(髀肉之嘆)이야. '비(髀)'가 넓적다리를 뜻하니까. 근데, 어디까지 이야기했더라? 맞아, 맞아. 그래서 그 유비가 날로 세력을 확장하는 조조에 맞서려면 어떻게 해야 할지 조언을 구해. 그 조언을 구한 상대가 제갈량이지. 제갈량은 '융중대(隆中對)', 일명 '천하삼분지계(天下三分之計)'라는 전략을 알려줘. 제갈량이 살던 융중에서 제시한 대책이라고 해서 융중대라고 하는데, 간단히 말하면 중국을 삼등분해서, 유비가 형주를 중심으로 한 서쪽을 차지한 뒤 동쪽의 손권이란 자와 손잡고 중원의 조조를 물리치면 천하를 손에 넣을 수 있다는 거야. 이 전략에 마음을 뺏긴 유비는 오두막에 사는 제갈량에게 세 번이나 찾아가서 "참모가 되어 주게."라고 부탁해. 당시 유비는 40대, 제갈량은 20대였으니 대단하지. 윗사람이 기꺼이 머리 숙이고 간청했으니. 일본어에서 인재를 맞아들이기 위해 여러 번 찾아가 예를 갖춰 간절히 청하는 일을 삼고의 예(三顧の礼)라고 하는데, 이 말은 유비가 제갈량을 세 번 찾아간 데서 유래한 고사성어 삼고초려(三顧草廬)가 어원이지. 이런 연유로 마침내 제갈량은 유비를 주군으로 모시고, 갖가지 지략을 펼쳐서 유비가 촉한을 세우는 데 크게 공헌하지. 그러니 제갈량 없이는 유비를 말할 수 없어. 볼수록 큰사람이야. 이 제갈량이 한 말 중에 새겨들어야 할 명언이 있어. '치세(治世)는 이대덕(以大德)이요, 불이소혜(不以小惠)라' 이게 무슨 말이냐 하면……. 제갈량이 이 말을 했을 때는 유비가 병으로 죽고 난 다음이야. 유비가 세상을 뜬 뒤 촉한을 승계한 사람이 누구더라……. 아, 잊어버렸다. 뭐, 상관없어. 의미는 '세상은 큰 덕으로 다스려야지, 사사로운 은혜나 베풀어서는 안 된다.' 이런 뜻이야. 그러니까 다시 말해 우리 본부장이

하는 행동이 소혜라 이거지. 사장 앞에서는 그렇게 굽실대면서 시시한 일만 물고 오니 말이야. 좀 더 큰일을 해야 하지 않겠나. 아, 여기 얼음 탄 맥주 한 잔 더요!"

이로써 드디어 부장의 네 번째 맥주잔이 바닥을 보이고, 기관총 수다가 잠시 끊어졌다. 지금이 기회다. 나는 자리에서 일어나려고 했다.

"잠시, 화장실 좀."

여태 혼자 담배 피우면서 술을 맛보던 선배가 툭 말을 꺼내나 싶더니 이런, 화장실을 가겠다고 선언한다.

당했다. 한발 늦어버렸다. 이 중국음식점은 화장실이 하나밖에 없다.

"그리고 제갈량 명언 중에 또 하나 훌륭한 게 있는데 말이지……."

아아. 부장이 또 지껄이기 시작했다. 화장실 갈 타이밍을 다 놓쳐 버렸다.

찔끔할 정도로 참지는 않지만, 화장실만큼은 내가 가고 싶을 때 가고 싶다. 선배처럼. 부장 이야기에 나온 유비는 분명 자신이 가고 싶을 때 뒷간에 다녀오지 않았을까.

뒷간에 다녀와서 글썽이던 유비, 난 화장실에 못 가서 글썽일 판.

부장의 이야기에 맞장구치면서 이렇게 동상이몽을 한다.

밤하늘 별이 보이는 화장실

누구나 가는 화장실. 누구나 쓰는 화장실. 화장실은 반드시 어딘가 있고, 당연히 존재한다.

날마다 가는 화장실. 누구나 쓰는 화장실. 화장실은 사람이 오길 기다리며 자신의 맡은 바 임무를 충실히 한다.

우리 생활에 없어서는 안 되는 존재인 화장실. 좀 더 감사의 마음을 표현해야 할 대상인 화장실.

……그런데도. 그런데도. 도대체 왜 이렇게 비좁게 만드는 걸까.

올봄부터 나는 첫 자취를 시작한다. 고향을 떠나 도시의 대학으로 가려고 인터넷으로 자취방을 알아봤다.

원룸이나 1K−방 하나, 부엌 하나 있는 집−위주로 찾아봤는데, 어떤 집이든 화장실이 너무 좁았다. 화장실은 대부분 둘 중 하나였다. 0.5평이 채 안 되는 좁고 긴 공간이거나 변기와 욕조를 같이 두려고 억지로 쑤셔 박은 듯한 모양새.

왜 이토록 화장실이란 공간은 옹색하기만 할까.

……아냐. 부모님과 같이 사는 집의 화장실이 특별히 커서 내가 지금 이러는 게 아니다. 유독 화장실이 좁은 이유는 자취방이라서 그런 것만은 아닌 것 같다. 보통 어느 집이나 화장실은 긴 네모꼴이다.

가정집 화장실뿐 아니라 고등학교 화장실도 그렇고, 틀림없이 앞으로 다닐 대학의 화장실도 그러지 않을까.

거주 공간이 넓은 이유야 물론 이해하지만, 화장실이라는 존재에 좀 더 감사와 경의를 표한 집은 없을까.

예를 들면 3평짜리 화장실이라든가 물레방아가 있는 화장실이라든가.

또는 대나무가 우거진 화장실도 좋다.

그럼 여태 자취방의 절대 조건으로 특이한 화장실을 찾아 헤맸나 싶겠지만 그렇지는 않다.

집세는 싸지만, 역에서 멀다. 방은 넓지만, 지은 지 오래됐다. 방은 쓸 만한데, 세탁기 둘 데가 없다. 집세도 싸고 방도 넓지만, 막상 공지사항을 읽어 보면 아무래도 성에 차지 않는다.

막상 집을 구하려니 어느 집이든 장단점이 있어서 결정하기가 어려웠다.

그래서 솔직히 집 고르길 포기하고 아예 특이한 집이 없을까, 하고 발상을 뒤집어 본 거다.

아, 이 집 괜찮은데.

마침 시선을 끈 자취방의 설명란에 다음과 같이 적혀 있다.

—디자이너의 감각으로 학생 취향을 살린 집. 방은 노출 콘크리트 벽. 벽에는 나사가 부착되어 원하는 위치에 선반이나 옷걸이를 설치할 수 있습니다. 또 꼭대기 층 방에는 밤하늘 별이 보이는 화장실이 있습니다. 구름이 끼지 않은 날에는 도시의 화장실에 별이 쏟아져 내립니다.

화장실을 요모조모 따져 본 탓인지, 자취방 화장실에 자꾸 욕심이 난다. 집세도 크기도 나쁘지 않다. 이 집이야말로 새로운 생활을 시작하기에 제격이다.

별을 헤아려 볼까. 화장실에서.

봄소식

우리가 이 동아리 식구가 된 지도 1년이 지났다.

1년 전 대학 입학식 날 광장에서 열린 동아리 가입 권유 행사에서 어쩌다 보니 발길이 문예부 부스에 닿았다.

보통은 마음에 드는 동아리를 후보로 두세 개 골라 놓고, 임시 부원으로 분위기를 파악한 뒤 나중에 정식으로 가입 절차를 밟는 사람이 많은가 보다.

테니스나 음주 목적의 대형 동아리는 많은 인원을 동원해 가입을 권유하는 한편, 해마다 부원이 줄어서 올해 한 사람도 가입하지 않으면 없어지는 동아리도 있다.

문예부는 15명 이상 소속된 중형 동아리로, 시나 소설을 읽고 쓰기를 좋아하는 사람들의 모임이다. 난 원래 책을 즐겨 읽으니까 딱히 망설이지 않고 바로 가입했다.

즉시 가입한 사실을 알고 선배들은 꽤나 놀라워했다.

그런 나와 마찬가지로 즉시 가입한 사람이 한 명 더 있다.

그 사람이 지금 중국음식점 앞에서 술안주용 메뉴를 살펴보고 있는 그녀다.

"여기 4천 엔짜리 3개 괜찮은 것 같은데?"

그녀는 원형 접시에 갖가지 중국요리가 수북이 쌓인 음식을 손으로 가리켰다.

"응. 그러네. 나머지는 치즈랑 오징어채 사면 되겠다."

"그치. 예약하자."

나와 그녀는 이번 주말 열리는 올해 신입생 환영회에서 간사 겸 준비위원 역할을 맡았다.

신입생 환영회는 해마다 꽃구경으로 정해져 있고, 졸업한 동아리 선배들과 현재 활동 중인 부원, 임시로 가입한 부원과 가입 여부를 검토 중인 신입생을 합쳐 약 서른 명 이내로 참가한다.

꽃구경에 참여하기로 한 신입생은 대체로 정식 부원이 되기도 해서 무척 중요한 행사다.

꽃구경 장소는 이 지역에서 이름난 1급 하천의 둑 근방으로, 약 2km 거리에 500여 그루 왕벚꽃 나무가 피는 길이다.

우리 대학에서도 가까워서 다른 동아리도 신입생 환영회 날 꽃구경을 할 때가 많다.

그래서 꽃구경할 장소 선정, 식음료 배달, 참가자 연락, 회비 걷기 등을 우리 둘이 하기로 했다.

바빠서 정신없지만, 나는 그녀와 둘이서 꽃구경 준비를 한다는 사실에 기쁘기도 했다.

"감사합니다─."

비용을 선불로 내고 예약 전표를 받았다. 당일에는 음식을 나르기만 하면 된다.

꽃구경하는 철이면 간단한 술안주 메뉴는 좀처럼 예약 주문이 어려워서, 오늘은 음식점을 몇 집 둘러볼 예정이었다.

그런데 그녀가 첫 번째로 가 보자고 한 원조 중국집에서 별 탈 없이 바로 예약이 끝났다.

오늘 일정은 이것으로 끝이다. 상당히 빨리 끝나고 말았다.

"저기, 나온 김에 꽃구경할래?"

"엉? 꽃구경?"

"응, 시간 많이 남았으니까 당일 갈 장소도 확인해 보면 좋지 않을까?"

그녀의 제안에 나는 속으로 손뼉을 쳤다. 그냥 이대로 해산하는 줄로만 알았기 때문이다.

"좋아. 점심때도 다 됐으니 뭐 좀 사서 가자."

"그래."

상점가에서 역 남쪽 출구로 발걸음을 옮겼다. 동쪽 출구는 상가 건물이 늘어선 번화가지만, 남쪽 출구는 한산한 주택가다.

큰길에서 주택가를 거쳐, 하천이 있는 둑방길까지 갔다.

"와아. 피었다."

보기에 아직 반 정도만 피었지만 틀림없는 벚꽃이었다.

평일 오전이기도 해서 꽃구경 온 사람은 손으로 셀 정도였다.

"올라가 볼까?"

둑방길 위로 올라가 한눈에 거리가 다 보이는 곳으로 갔다. 거기에는 기울어진 둑방길을 따라 벚꽃 나무가 줄지어 서 있었다.

"예쁘다. 주말 되면 싸악 피겠네."

"그러게. 주말에는 포근해진다고 하니까."

"여기라면 어디에 앉아도 꽃구경할 수 있겠다."

하천 따라 늘어선 벚나무를 살피는 그녀의 눈동자가 바삐 움직였다.

"응. 문제없겠는데. 당일 장소 잡으려면 붐벼서 정신없겠다."

당일 장소 선정은 다른 부원이 하기로 했다. 대강의 위치만 정하고, 나머지는 당일 다른 부원에게 맡기려고 한다.

"아, 하지만 화장실은 어디 있는지 확인해 보자. 어디지?"

"너무 멀지도 가깝지도 않은 데로 하자."

우리는 둑방길을 따라 핀 벚꽃을 보면서 발맞춰 걷기 시작했다.

"참, 남자 친구하고는 잘 돼가?"

"그녀는 고교 시절부터 사귄 남자 친구가 있다. 내가 그녀에게 마음이 있으면서도 한 발자국도 떼지 못한 이유가 바로 이 때문이다.

"얼마 전에 헤어졌어."

"엉?"

"역시 장거리 연애는 힘들더라."

그녀의 남자 친구는 고향에 있는 대학으로 진학해서, 처음에는 그녀가 있는 곳으로 오곤 했지만, 고교 생활과는 다른 캠퍼스 라이프를 즐기게 되면서 점차 소원해졌다고 한다.

"그랬구나."

"멀든 가깝든 지켜준다고 했었는데-. 실망이야. 꼭 화장실 같다."

그녀가 웃는다. 대화 분위기를 가라앉지 않게 하려는 그녀 나름의 배려이려나.

"아-. 누구 좋은 사람 없나?"

그녀가 문득 시선을 아래로 떨구더니 입술을 깨물고 만다. 밝은 척했지만 역시 상처 받은 모양이다.

뭔가 기분 전환할 말을 찾고 있는데, 60대 정도로 보이는 남자가 한 벚나무와 마주 선 모습이 보였다. 나무에 가려서 뭘 하는지는 보이지 않았다.

그러나 걸어갈수록 남자가 점점 잘 보였는데…….

남자는 벚나무를 향해 볼일을 보는 중이었다. 게다가 남자의 처진 물건이 확실히 보이는 위치까지 와 버렸다.

그녀가 눈치채기 전에 어서 이 자리를 벗어나고 싶다.

"의외로 주변을 돌아보면 좋은 사람이 있을 거야."

나는 자신을 가리켰다. 나답지 않은 대담한 행동이었지만, 그녀가 남자의 물건을 보지 않도록 하려면 내게 시선이 쏠리도록 해야 했다.

"뭐야, 그게. 그럴 리 없어."

그녀가 웃는다. 동시에 남자도 볼일을 마친 덕에 아무 일 없이 끝났다.

"그래도 고마워."

그녀는 살짝 고개를 끄덕이며 앞을 바라봤다.

"아, 저기 봐. 화장실 아냐?"

그녀가 멀리 손을 가리켰다.

"정말이네. 자, 이 주변에 자리 잡으면 되겠다."

"그러게. 기대된다."

"좋아. 장소도 정해졌으니 우리도 여기서 점심 먹자."

나와 그녀는 둑방길 경사면에 앉아 상점가 빵집에서 사 온 샌드위치를 먹었다.

둘이서 나란히 벚꽃을 바라본다.

피고 지는 벚꽃. 연둣빛 싹을 틔우고 추위를 견딘 끝에 훌쩍 자라 꽃을 피운다. 해마다, 해마다 이렇게 되풀이하면서 사람들에게 기쁨을 선사한다. 활짝 피어나면 더욱 소담스럽겠지.

살랑살랑 봄바람이 불어온다. 그녀는 흩날리는 머리카락을 붙잡고, 분홍빛 꽃잎은 하늘하늘 춤을 춘다.

이제 곧 따스한 봄이 온다.

당신은 O형

당신은 O형

혼자만의 시간이 없으면 안 돼
하지만 늘 혼자만 있기는 싫어
쉽게 달아오르고 금세 식어 버리지
친한 사이지만 차갑게 대하기도 해
눈물이 많기도 하더라
당신, 하루가 멀다고 울잖아

당신은 O형

집에서 나오지 않는 방콕파
하지만 낯은 안 가려
금방 친해지고 스킨십 속도도 빨라

남을 잘 챙기고 마음 씀씀이가 남달라
활짝 웃는 모습도 멋져
포용력 또한 돋보이지

당신은 O형

타고 나길 대범하더라
하지만 싫고 좋고가 분명해
흰색을 좋아하는 순백의 당신
힘센 자를 따르라
아니, 힘센 자가 따라와
일에 대한 책임감도 강하지

당신은 O형
당신은 O형
그런 당신은 O형

그런데 이건

U형인 당신 얘기이기도 하지

21

21cm

여자들의 그날 쓰는 것. 중형.

21%

가정 내 물 소비량 중 화장실이 차지하는 비중입니다.

이것은 일본 도쿄도 수도국이 2015년도에 '일반 가정의 물 사용 목적별 실태'를 조사한 결과입니다. 즉 목욕이 40%, 취사가 18%, 세탁이 15%라고 합니다.

21명

직장에 여성 노동자가 21명 있다면 여자 화장실의 칸막이실이 1개씩 늘어납니다. 이것은 '사무소 위생 기준 법칙'이라는 법률에 나오는 규정으로, '여자 화장실의 칸막이실 수는 동시에 취업한 여성 노동자 21명 이내마다 1개 이상으로 한다.'라고 기재되어 있습니다.

참고로 남성의 경우 '남성 화장실의 칸막이실 수는 동시에 취업한 남성 노동자 60명 이내마다 1개 이상으로 한다.', '남성용 소변기 개수는 동시에 취업한 남자 노동자 30명 이내마다 1개 이상으로 한다.'라고 기재되어 있습니다.

21초

체중이 3kg 이상 되는 포유류의 배뇨 시간은 모두 21초라고 합니다. 코끼리도, 소도, 개도, 고양이도, 인간도, 모두 마찬가지.

미국의 조지아 공과대학 연구진이 발표한 내용으로, 2015년 *이그노벨상Ig Nobel Prize 물리학 부문에 선정되었습니다.

단, 오차 범위가 ±3초이므로 8초에서 30초 정도가 허용 범위입니다. 그러니 대체로 들어맞겠지요.

화장실에 갈 때 한번 재 보면 어떨까요.

21억 명

2017년 유니세프unicef와 세계보건기구WHO의 보고에 따르면, 21억

---

*이그노벨상(Ig Nobel Prize)
노벨상을 패러디한 상. 재미있고 기발하고 우스꽝스러운 연구를 한 과학자에게 수여한다. '이그(Ig)'는 '있을 것 같지 않은 진짜(Improbable genuine)'의 줄임말. 1991년 미국 하버드대가 펴내는 유머 과학 잡지 주관으로 제정됐다.

명이 자택에서 깨끗한 물을 쓸 수 없는 상황이라고 합니다.

이 숫자는 세계 인구의 약 30%, 즉 10명 중 3명에 해당합니다.

그리고 45억 명, 즉 10명 중 6명이 안전하게 관리된 화장실을 쓰지 못한다고 합니다.

21세기

지금, 우리가 살아가는 이 시대, 이 지구.

맺음말

안녕하세요? 효게쓰 아사미입니다.

먼저 이 책을 든 독자 여러분께 감사의 마음을 듬뿍 담아 인사드립니다. 정말 고맙습니다.

이 책은 소설 투고 사이트 '카쿠요무'에 게시한 작품으로, 연1회 주최하는 카쿠요무 콘테스트에서 특별상을 수상한 덕분에 출간하게 되었습니다.

책이 나올 때까지 여러모로 도움 주신 M 담당자님께도 진심으로 감사드립니다.

M 담당자님과 처음 만나던 날, "표지는 이분께 의뢰하려고 합니다."라고 말씀하시면서 탁자 위에 놓인 책을 보여주셨지요. 그 책은 엄청난 인기 그림책 작가 요시타케 신스케 님의 작품이었습니다. 그 열정 가득한 대화를 지금도 잊을 수가 없습니다.

그리고 너무나 귀여운 그림을 그려 주신 요시타케 신스케 작가님, 마음 깊이 감사드립니다.

책의 내용과 꼭 맞는 그림을 볼 때마다 기뻐서 어쩔 줄 모르겠습니다.

요시타케 신스케 작가님의 《이게 정말 사과일까?》나 《그것만 있을 리가 없잖아》의 제목을 빌려서 말씀드리면, '화장실'도 꼭 볼일만 보는 장소는 아닌 듯합니다. 때로는 눈물을 훔치는 장소가 되거나 때로는 친구나 가족의 애정을 확인하는 공간이 되기도 합니다. 그리고 책을 읽는 공간이 되기도 하지요.

날마다 사용하는 화장실인 만큼, 그곳에는 갖가지 드라마가 펼쳐집니다.

또 이 작품은 '화장실에서 읽는' 책이라고 했지만, 화장실은 세균이 많아서 위생에 좋지 않다고 느끼는 분이 계실지도 모르겠습니다. 실제로 그렇다고 생각합니다.

다만 우리의 화장실은 세계에서도 손꼽힐 만큼 청결합니다. 그만큼 혜택 받은 환경이지요. 이 책에서도 살짝 언급했지만, 이 세계에는 마음 편히 볼일 볼 만한 화장실조차 없는 지역도 있습니다.

'화장실에서 읽는' 책이라는 구절에는 단 한 사람이라도 더 깨끗하고 기분이 상쾌해지는 화장실을 쓸 수 있기를 바라는 마음이 담겨 있습니다.

부디 안전한 물과 깨끗한 화장실이 세계에 더 많이 보급되길 빌어

봅니다.

사실은 더 쓰고 싶은 말이 많지만, 지면이 허락하지 않습니다.
마지막으로 독자 여러분, 책을 읽어주셔서 정말 감사드립니다!
그럼 언젠가 어디선가 다시 만나요!

하고 싶은 말이 너무 많아
화장실 이야기

초판 1쇄 인쇄일 ㅣ 2021년 7월 1일
초판 1쇄 발행일 ㅣ 2021년 7월 19일

글 효게쓰 아사미 ㅣ **그림** 요시타케 신스케 ㅣ **옮김** 김은하

펴낸이 이종미 ㅣ **펴낸곳** 담푸스
등록 제395호-2008-00024호
주소 경기도 파주시 회동길 219, 401호
전화 031)919-8510(편집) 031)907-8512(마케팅)
팩스 070)4275-0875 ㅣ **메일** dhampus@dhampus.com
홈페이지 http://dhampus.com ㅣ **인스타그램** @dhampus_book

기획편집 김현정, 장미연 ㅣ **마케팅** 최민용, 선혜경 ㅣ **경영지원** 김지선 ㅣ **디자인** 박정현

책값은 뒤표지에 있습니다.
잘못 만든 책은 구입하신 서점에서 바꾸어 드립니다.

ISBN 979-11-90024-25-9 03830

TOIRE DE YOMU, TOIRE NO TAME NO TOIRE SHOSETSU
ⓒAsami Hyougetu 2019
First published in Japan in 2019 by KADOKAWA CORPORATION, Tokyo.
Korean translation rights arranged with KADOKAWA CORPORATION, Tokyo
through Shinwon Agency Co., Seoul.

아름다운 사람은
떠난 자리도 아름답습니다.